亲爱的
小孩慢慢长

王海燕◎著

MY DEAR CHILD,
GROW UP SLOWLY

龙门书局

图书在版编目（CIP）数据

亲爱的小孩慢慢长 / 王海燕著. —北京：龙门
书局，2011.9
　ISBN 978-7-5088-3266-1

　Ⅰ.①亲…　Ⅱ.①王…　Ⅲ.①儿童教育：家庭教育
Ⅳ.①G78

中国版本图书馆 CIP 数据核字（2011）第 171886 号

责任编辑：洪文婕　王海霞　张佳凯　/ 责任校对：刘雪连
责任印刷：新世纪书局　　　　　　　/ 封面设计：张世杰

龍門書局 出版

北京东黄城根北街 16 号
邮政编码：100717
http://www.sciencep.com

中国科学出版集团新世纪书局策划
三河市李旗庄少明印装厂印刷
中国科学出版集团新世纪书局发行　各地新华书店经销

*

2011 年 10 月第一版　　2011 年 10 月第一次印刷
开本：16 开　　　　　　印张：12.5
字数：175 000

定价：28.00 元
（如有印装质量问题，我社负责调换）

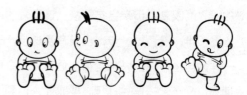

写在前面的话

　　还记得小时候对未来有种种憧憬：长大了要当老师，桃李满天下；长大了要当作家，著作等身；长大了要当科学家，一大堆的发明创造……而且，从小家教甚严，母亲一再叮嘱的就是：女孩子家，好好学习才是正道，不要去想那些风花雪柳的事。对于她的"风花雪柳"，我耳熟能详却又不知其意，以为就是指不要恋爱、不要结婚之类的吧。所以，小小心中就诚实地立下志愿：长大了要把全部时间和精力花在有意义的大事上，不恋爱，不结婚。当然，更没想到过未来的生活会与孩子发生什么联系。但也有那么一次，沉浸在成为女科学家的幻想中时，忽然产生了一个疑问：一天到晚都在工作，下班之后回家一个人不也很孤独吗？对了，我何不创造几个小小的机器人呢，他们的模样就是小孩的模样，很灵活，回家我只要一按按钮，他们就会涌上来，有的给我端茶，有的向我问好，有的还叫我妈妈呢。多么好，这样一个人的生活岂不是也很完美了吗？同样是小孩的我，为自己的这个完美计划很是激动了一阵子。

　　生命之路在幻想与现实的张力中不断向前伸展，伸展……上学，再上学，懵懵懂懂，一直视风花雪柳为禁区。大学毕业后，果真做了教师，只能为我科学家之梦的毁灭而叹息。母亲宣布解禁，该恋爱了，该结婚了。恰在这样的时候遇上了自己的另一半，没有早一步，也没有晚一步，于是自然而然地恋爱、结婚。还是如单身一样地自由自在，并未觉得生活有太大变化。两个人都未曾想到要孩子，因为还要读书，又一起去读了几年。毕业了，也到了而立之年。这下似乎再绕不过"孩子"的事情了，双方父母有些着急了，同事的一个小孩也好奇地问："阿姨，你们家为什么没有我这样的小孩呢？"我笑曰："我们家的小孩当然不是你这样的啰！"他又问："那你们家的小孩是什么样的呢？"这下我答不上来了。他或者她会是什么样的呢？我可从来没想过，也想象不出。既然做不了科学家，也创造不了那么一群小小的机器人了，那就只有自己生一个了，毕竟没有孩子的家庭是不完整的，没有养育过孩子的女性也会错失许许多多宝贵的人生体验。

就这样，行行在我们的期待中来到了这个世界。从他降生的那一刻起，我就为生命的神奇感到惊异不止。那绝对不只是一个只知道吃了睡、睡了又吃、偶尔哭闹的小生命，他的身体在快速地成长，他的内部世界也以更快的速度在发生着惊人的变化，每一天每一刻都在变化，由那个黑暗蒙昧的世界逐渐走向这个充满智慧之光的人类世界。会笑了，会用声音表达感情了，会联想了，会比较了，会说话了，会走路了，会数数了，会与更多的人建立联系了，会表达他对成人、对世界的看法了……每一个小小的变化给我们带来的都是无限惊喜与快乐。这才明白，过去的幼稚想法中仅凭设置程序操纵机器人就能成为"妈妈"是多么简单与狂妄，这是只有在心灵与心灵的偎依、对话中才能体味的喜悦与幸福啊！

当然，快乐与幸福从来都是有种种附加条件的，这个过程的附加条件也不少：你得有百分百的爱、足够的时间和精力、足够的耐心、偶尔还要和孩子一起忍受病痛折磨的煎熬。然而，这些都还不够，还有更重要的是：你自己也必须不断地成长。不仅仅是要学会养育的知识，更需要你时时反省自己，为了孩子，改掉所有的坏习惯，抛弃性格中那些负面的因素，因为你要培养的不仅仅是一个健康的身体，更是一个健全的人格。在家庭教育、学校教育、社会教育之外，养育行行的过程也是我经历的第四个至关重要的受教育阶段。与他在一起的耐心克服了我的急躁，孩子的成长从来就是一个渐进的过程，急于求成、拔苗助长的结果只能是一场悲剧；对他的牵挂让我更加明确了自己的社会责任感，只有把行行交给有责任感、有爱心的老师，我才放心，人同此心，心同此理，我每天面对的学生，尽管年龄有所不同，父母那片殷殷期待的心却是天下皆同的啊！当然，还有许许多多，譬如孝敬、诚信、宽容……以前都不过是浮泛的概念，行行成长的过程教会我——地把它们落到生活的细节之中，也才终于真正地理解了它们的含义。

行行现在也会好奇地问："我为什么会是这样一个人呢？我过去是什么样的？""为什么你会生我呢？"并且计划着他自己的未来。凝望着行行越来越长的胳膊腿儿，感受着他越来越要求独立的性格，我知道：每长大一天，他对妈妈的依赖、依恋就会少一分，他会循着自己的生命轨迹不断向前。他的未来世界是我们无法预知的。我们不能停止的就是跟着他一起成长。就如纪伯伦那感人的诗句：

你们的孩子，都不是你们自己的孩子，乃是"生命"为自己所渴望的儿女。

他们是借你们而来，却不是从你们而来，

他们虽和你们同在，却不属于你们。

你们可以给他们以爱，却不可给他们以思想，因为他们有自己的思想。

你们可以庇护他们的身体，却不能荫庇他们的灵魂，

因为他们的灵魂，是住在"明日"的宅中，那是你们在梦中也不能想见的。

你们可以努力去模仿他们，却不能使他们来像你们，

因为生命是不可倒行的，也不与"昨日"一同停留。

你们是弓，你们的孩子是从弦上发出的生命的箭矢。

那射者在无穷之中看定了目标，也用神力将你们引满，使他的箭矢迅疾而遥远地射了出去。

让你们在射者手中的"弯曲"成为喜乐吧；

因为他爱那飞出的箭，也爱了那静止的弓。

没有弓的弯曲，就没有箭矢的前行。做了母亲的女性，多少都会失掉一些本可以属于你的东西：青春的容颜，事业的成就，无牵无挂的自由……然而生活的永恒法则是没有付出就没有收获。如果每一位母亲的倾心付出都能换来孩子光明灿烂的未来，使他们能"合理地做人，幸福地生活"，那么就让我们细细地品味弓的喜悦并耐心地陪着孩子一起慢慢长大吧！

目录

一、柔柔婴儿（0～1岁）

🧁 哭着来到这个世界（2003.11.10 周一 晴）

天气骤然晴朗，是个好兆头。

上午7:28，宝宝出来了，嘴巴张得大大的，"哇哇"直哭，声音很洪亮。我最关心的是宝宝的发育是否健全，可手术室里的护士先抱过来让我看了看性别——是个男孩。又过了几分钟才应我的要求抱来，我看见了宝宝的面目：大哭的样子，双眼尚未睁开，全身沾满白色的胎脂躺在那儿，印象最深的是他那张得很大的嘴巴和红红的嘴唇、舌头，看起来更像爸爸。

下午，宝宝的双眼慢慢睁开，眉清目秀，有模有样，比我和他爸爸都长得好。晚上，大小便都通了。我终于放心了，这是一个健全、健康、聪明的孩子。感谢仁慈的上天赐给我这样好的小宝贝！

宝宝的头发很长，黑亮黑亮的，看来在妈妈的肚子里营养还不错。

宝宝的眉目也很有型，是新月眉，配上粉嫩的皮肤，很秀气。

宝宝的眼睛又大又圆，也很亮。

宝宝的指甲居然长得很长了，超过了手指头，不过都很软，比纸硬不了多少。

宝宝重3.45kg，长51cm，都在标准范围之内。

"你曾被我当做心愿藏在我的心里，我的宝贝。你曾存在于我孩童时代玩的泥娃娃身上……当我做女孩子的时候，我的心的花瓣儿张开，你就像一股花香似地散发出来。你的软软的温柔，在我的青春的肢体上开花了，像太阳出来之前的天空里的一片曙光。……你从世界的生命的溪流浮泛而下，终于停泊在我的心头。当我凝视你的脸蛋儿的时候，神秘之感浸没了我；你这属于一切人的，竟成了我的。……是什么魔术把这世界的宝贝，引到我这双纤小的手臂里来的呢？"

——泰戈尔《新月集·开始》

见风就长（2003.11.12 周三 晴）

宝宝能吃能拉，也很见长，在医院里不仅没有少秤，还长了一两——今天洗完澡再秤居然有7斤了。眼睛十分灵活，随着我的手指头滴溜滴溜地左转右转，非常可爱，一副聪明懂事的样子，真像个小天使。

我的名字叫行行（2003.11.16 周日 晴）

这下，该叫宝宝的名字了：行行。

行行最可爱的样子是睁着亮晶晶的眼睛，伸直了脖子（虽然还不能完全直起来，但他用力挺），头转向四周好奇地张望，像是在探索这个世界，对一切充满了好奇。

行行睡着了会做出各种小动作：努嘴、皱眉、咧开小嘴笑。最可爱的是他笑的时候，一副很开心的样子。

行行的生活很有规律，吃、睡、大小便都有固定的时间，饱了不多吃一口，当然，饿了也毫不含糊地要吃。每次吃到饱的时候，他便嘟上了小嘴。这么多好习惯！

行行洗澡的时候，总是要有人握着他的小手才不紧张，否则吓得哇哇大哭，难以想象把他放进水中的一霎间他的感受，肯定是感觉很不安全。只要握住了他的小手，他就显得很放松，也不是很讨厌洗澡。

行行有时候在睡眠中会发出一声细细的呜咽，听了真是让人心疼不已。你还在为他心疼的时候，他又咧开嘴笑了。行行有时候笑起来还伴随着"呵呵"的声音，真有趣！

每次给行行洗完澡穿衣服的时候，还有他拉完粑粑给他换尿布的时候，他都会很舒服地发出"喔——喔——"的声音，像是要说话了。不知道他想表达什么，也许是表示满意，也许是表示谢谢，总之，听了心里美美的。孩子真的带有神性，他为什么恰恰是在大人们最忙碌的这两个时间发出这种听了令人心情舒畅的声音呢？

生命的力量让人惊奇不已。出生一周的行行对于这个陌生的世界就有了这么多积极的反应，有那么丰富的情感——快乐、恐惧、伤心、满意……曾经在哪里看见专家分析过，譬如，吃饱了就嘟起嘴巴表示拒绝，还是一个挺复杂的思维过程呢！

劲头十足（2003.11.30 周日）

行行今天玩了五六个小时，爸爸给他读唐诗，他听得很投入的样子，看上去真是可爱极了！

行行的脖子、胳膊、小手、腿都很有劲儿，他的脖子能使劲儿往后仰，小手居然能紧紧握住我的一个手指头。换尿布的时候，他的双腿接连地一伸一屈，像是在做操。

满月（2003.12.10 周三 晴）

行行今天满月。天气也转好了，持续的阴冷天气终于结束了，太阳照着很暖和。这最脆弱的一个月，我们母子总算平平安安地过来了。从明天开始，我们的行动会更自由，身体也会一天比一天强壮。

总结一下，这一个月有三个小小的失误：

一、洗澡时没注意护脐，行行的脐带有两三天有轻微渗血。

二、有一次，穿了带松紧带的袜子勒了行行的小腿，让他哭闹了半夜，想起他那天晚上眼睛哭肿的样子，真是心痛。

三、有时候，半夜睡得迷迷糊糊没及时给他换尿布。

希望行行在以后的日子里也像月子里一样健康，我也会越来越体贴、熟悉行行的一举一动，好好养育他。

中午，爸爸下课回来之后，我们给行行照了几张满月照。让他自己"坐"在床上拍了几张，他还很配合的样子，一直盯着爸爸手中的相机看，也许他觉得这个黑黑的东西很好玩呢。

新生儿来到这个世界上都带着神性，并不是有些父母所认为的白纸一张。妈妈带着接纳与爱全身心地去关注宝宝，自然能体会到这些奇异的神性体现在哪些方面：宝宝能很快记住妈妈的脸、妈妈的声音、妈妈的气味，并且能感觉到妈妈的情绪；他学会了看、学会了听，有了自己的愿望，也会用我们并不懂得的语言表达自己的情绪。从第一天开始，就把宝宝看做一个正在成长的人，微笑着注视他，对他说你想说的话，并留心他向你表达的那些重要的信息，包括眼神、动作、声音、哭泣，并且迅速做出适当的反应，母子之间就在这种交流之中建立了最初的依恋和爱。妈妈影响的并不只是宝宝的行为，而是他的整个感受世界的方式。

🧁 会用声音表达情绪了（2003.12.28 周日 阴）

行行上一周的作息时间弄倒了，白天睡觉，晚上非要到12:00左右才入睡，而且，在他醒着的时候有些调皮，好哭，不肯乖乖地玩。幸运的是，从昨天开始，他似乎又倒过来了，白天玩六七个小时，晚上10点多就睡了。也是从昨天开始，行行似乎长大了一些，会"喔""噢"地和人说话了。

他高兴时，撒娇时，不舒服时，还有生气时，发出的声音各异，我基本上能听懂。看着他忽闪忽闪的眼睛，听着他咿呀咿呀的声音，妈妈也好奇地猜想着他要表达的意思。

🧁 不喜欢牛奶（2004.1.30 周五 晴）

近一个周以来，行行的生活不太正常。主要是不喜欢牛奶，要么便秘，要么像是腹泻。和母乳比较起来，牛奶的味道、喝下去的感觉肯定是很不一样的。换过几个牌子的奶粉，可行行都适应不了，表现出明显的厌奶情绪。嘴一碰到奶嘴就哇哇直哭，很伤心的样子。他大约在想：为什么给我这么怪怪的东西吃呢？

我和行行爸简直染上了喂奶恐惧症，都害怕喂奶。书上说，吃母乳的孩子身体健康，免疫力强，妈妈多希望行行也能如愿吃上香甜可口的母乳啊！

🧁 闹夜（2004.2.2 周一 阴）

行行喜欢闹夜，一哭起来就声音发嘶，不顾一切地哭，什么都哄不住，几乎每晚都在12:00之后，有时甚至到一两点钟才睡。昨晚又哭得不可开交，气都换不过来，不知道是否应该去看医生。

妈妈健康的情绪对婴儿期的宝宝至关重要，甚至直接影响到宝宝的生理和心理健康。回想起来，行行这段时间生活不规律应该归咎于妈妈。突然从二人世界的生活进入到了复杂的家庭关系，对妈妈来说也是一个挑战。最初的兴奋劲儿过去之后，家庭人员的变化、磨合令妈妈焦虑、不能适应，尤其是在春节期间。生产期间耗费的体力尚未恢复，再加上精神上的压抑，这种不健康的状态是新手妈妈需要警惕和避免的。

🧁 百天了（2004.2.20 周五 阴）

今天是行行百天的日子。人们都说，孩子过了百天就好带了，但愿如此。

🧁 "茁壮型"婴儿（2004.3.7　周日　晴）

行行能用两只手抓握玩具了，能同时抓住，抓得还挺紧的。逗他，也会哈哈大笑了。长起来也还挺快的。除了夜里休息不好之外，其他都还可以。上周日出去给行行体检，重16斤，长63cm，发育良好，还是个"茁壮型"婴儿呢！

🧁 会用两只手扯开衣服了（2004.3.11　周日　雨）

行行喜欢对着他喜欢的灯、玩具"喔喔——"地说话。每天早晨醒来，也要对着墙壁上的照片玩上一阵子。他睡醒之后，心情最好，凑过去叫他，他就会露出甜甜的笑容。

行行喜欢用两只手扯开衣服，一手抓住一边的衣服摆，使劲一抓一扯。刚好，那衣服扣眼有点大，衣服一下子就被他扯开了。

补了一周的钙之后，行行晚上睡得踏实了，也不那样闹觉了。拉粑粑也有规律了，就是还有点厌奶，不肯好好吃奶。一舒服，他就特喜欢笑，喜欢说，真是越来越可爱了。

🧁 打预防针（2004.3.18　周四　阴冷有风）

今天天气很不好，风很厉害，可是只有周四有时间，只得在这样的天气抱行行出去打预防针。这次打针，那护士的手法很快，一眨眼就注完了药，拔针的时候行行才感觉到痛，哭了几声。然后又去妇幼看儿科，医生开了一瓶麦芽片。

🧁 四个半月的行行（2004.3.25　周四　阴转晴）

吃了麦芽片之后，行行吃奶的情况好一些了，每天平均吃四顿，一顿150ml左右。奶粉中加了奶伴，也不像从前那样便秘了，顶多两天拉一次。

这段时间，行行出去玩，看外面的树、行人和车。有的人逗他，他就露出甜蜜的笑。见了有的人，则红着脸哭，不知是什么缘由，难道他有自己的判断力吗？我不知道他的判断标准是什么，好像不是年龄和性别。

行行很喜欢学习。贴在墙上的韵母表、声母表和数字，念给他听，他很专注地一边看一边听，注意力能集中很长时间（十分钟以上，大约）。

他需要有新鲜东西的刺激。家里的玩具、唱片等，他似乎不怎么感兴趣了。前一阵子对莫扎特的曲子挺感兴趣的，他大哭的时候，只要一听就不哭了。可最近好像没这个嗜好了。看来，得出去给他买些新鲜的玩具回来了。

昨晚，妈妈的好友境零来看行行，说我们应该给行行记日记。在他尚未出生之前，我就打算好好记下他成长的每一天，每一个变化。可前段时间，因为没有养成好习惯，还有时间和心情的原因，没有每天都记。从昨晚开始，我们都调整了自己紧张的心态。今天是一个崭新的开始，我要以莲花般纯净的心态好好记录行行的成长历程，等他自己能看懂的时候交给他，没准儿，他还会批评妈妈的字迹太潦草了呢。等着那一天吧，儿子！

当你记儿童发展的日记时，有三个方面需要记住：

◇ 发展

◇ 情感

◇ 计划

不过，如果你不只是做记录，还能设法对发生的事情进行思考，这样会更好……无论在你写日记还是读日记时，都要以长远的眼光来看待孩子的发展。这可以帮助你看到发展中的变化模式……日记可以帮助你正确地看待事物，而且可以帮助你早日发现潜在的问题。

——[英]约翰·弗里曼《0～5岁孩子的智力激发法》

🧁 第一次逛商场（2004.3.26 周五 晴）

今天下午，行行的外公外婆过来了。

我们抱行行到中心医院检查耳朵，因为耳朵里面总是有很多分泌物。医生看了之后说很正常，不用担心。又去看了儿科，问医生他为什么不好好吃牛奶，是否缺钙。医生检查之后说这是正常情况，混合喂养的宝宝都这样。她说行行早该加辅食了，那就从明天开始加蛋黄吧。

然后，我们去鼓楼逛玩具店，本来熟睡的行行来到玩具店后突然睁开他亮闪闪的眼睛，醒来了。他对那些玩具熊、猴子之类的对象还不大感兴趣，对商场里的灯更感兴趣，对相邻的工艺品柜中阵列的东西也很感兴趣。

外公说行行的左手比右手灵活。我还没仔细比较过呢，难道他和他爸一样也是左撇子吗？

宝宝都对新奇的东西更感兴趣。如果有条件，常常把他（她）带到环境优美，有新的声音、新的看点的地方，他（她）一定很喜欢，并且会表现出很好奇的神情。这样，他（她）对世界最初的印象也会是丰富多彩的。

🧁 开始加蛋黄（2004.3.27 周六 多云）

从今天早晨开始给行行加蛋黄，1/8个，他好像还比较喜欢吃，弄的那一点加了水，他都吃下去了。他只要一醒来，双手双脚都向上运动，被子和睡袋都约束不住他。妈妈发现，蔚蔚妈妈送来的那个漂亮的嫩黄色睡袋中间已经被行行蹬得只剩下两层布了，中间的丝绵都被蹬跑了，好厉害的小脚丫子啊！

今天和行行爸出去购物，行行在家挺乖的。给他买了一个200ml的奶瓶回来。按月龄，行行现在可吃240ml/顿了。用小奶瓶一次只能冲150ml，他有时吐一些出来之后才吃，真正吃的时候又不够了。晚上冲了180cm，他果然吃得一滴不剩。

外公说行行瘦了，不知是否因为我们给他吃得太少。关键是他不乐意吃。从昨晚开始，行行吃奶时变乖了，不那样拒绝和哭闹，也不把奶嘴含在嘴里吐着玩了，而是一口气吃完。看来，境零阿姨说得真有道理，孩子的健康与人格都关乎我们大人，尤其是父母的气场。若果真是，那我前一阵子真是做得不好，老爱生气。从现在起，好好调节自己的心态，为了行行的健康和美好的未来，必须培养自己良好的心态和积极的情绪。

自己做运动（2004.3.28 周日 晴）

行行今天发现了一项很有意思的活动。用他的脚去踏小推车上的一道横梁，抬起腿，不停地蹬，乐此不疲。

今天继续加蛋黄。

即使宝宝现在行动还不完全自由，你会发现，宝宝们也会冲破一切限制，找到一切合适的机会，发展他自己与生俱来的天性。小推车本来是让行行乖乖地坐在里面玩的，可是他创造了自己的玩法。我们也都鼓励他。

前语言时期的语调（2004.3.28 周日 晴）

这几天，行行吃奶的情况很好。一天基本上吃四顿，每顿180ml左右，基本上是冲了就吃，偶尔早晨起床后的那一顿有点拒绝，大概是睡觉不怎么消耗，所以不那么饿。大便也很有规律了，一天一次。头疼了几个月的吃奶问题看样子在慢慢地好转了。关键的原因可能是和母乳混在一起喂，让他的味觉与消化系统偏向了母乳。

行行玩得也很开心，咿呀咿呀说个不停，有时候重复发出"a……"音，会兴奋地喊上好一阵子。他还喜欢"啊——呀"连在一起说。高兴时，他的音调平和，

生气时，则红着脸用重重的音调吵，有时吵得唾沫乱飞，看了真是忍不住地笑。

🧁 敬业的外公（2004.4.7 周三 多云）

用手挠行行的脖子，他会觉得痒痒的，发出咯咯的笑声。他最喜欢的是洗澡之前的脱衣服。脱衣服时只要用手触到他的皮肤，他就笑个不停，真有意思。洗完澡，在穿衣服之前，他会抓紧时间吃一下自己的小手。

行行睡着了，外公还在照着书念儿歌，外婆说："都睡着了，你还念啥？"外公说："我要熟悉业务，在备课呢！"答完，继续读儿歌。

🧁 奇妙的唐诗（2004.4.11 周日 晴）

行行很喜欢听唐诗，就像前几个月对莫扎特的音乐感兴趣一样。现在听到唐诗就非常专注地看着我们的嘴巴。若是对着墙上的图画念，他会认真地看那些用手指着的画面。甚至他哭的时候，念念唐诗，也能暂时地止哭，真是很奇妙。他究竟是对韵律感兴趣呢，还是对这个动作感兴趣？后来妈妈才知道，他是在认真听这些与我们的日常生活完全不一样的声音。

"我对女儿的教育是从听觉入手的，因为婴儿的听觉要比视觉发达。"

——斯特娜夫人

🧁 不喜欢的闷热天气（2004.4.12 周一 晴）

今天天气出奇地闷，行行穿得有些多，所以今天一整天都有点儿烦躁。早晨和外公出去玩，因为没吃奶就出去了，在球场外饿得"哇哇"直哭，外公抱着行行一路跑回来，累得内衣全汗湿了。行行回来吃了奶就好了，还小睡了一会儿，下午和晚上一个劲地闹，直到洗澡之后他才感觉舒服了一些。

"你读，你读"（2004.4.14 周三 多云转雨）

外公说，早上抱着行行走到唐诗挂图前面，行行说话了，说得特别像"你读，你读"，惹得我们大家都笑了。

"在研究了全球大量的事例后，我发现了一个惊人的事实，即孩子越接近0岁，潜在能力就越巨大，如果能牢牢抓住这个关键时机给予其适当的教育，那孩子们的潜能将会全面开花、结出丰硕的果实。但如果忽略而过，这些潜能就会像风一样迅速消失，永不再来。

孩子潜能的发展遵循着一种绝不可逆的递减规律。教育开始得越晚，孩子所能发挥出来的潜能就越少，这就是潜能递减规律。形成这一规律的原因是，动物的潜在能力具有一定的发展期，而且每种能力的发展状况不同，某些能力的发展期很长，而某些能力的发展期很短。但如果这些能力在特定的发展期内得不到开发，就会被永远埋没。"

——[日]木村久一《早期教育与天才》

小手忙不停（2004.4.15 周四 晴）

行行看着吊在门上的风铃，他一走到那儿，就想用手去抓，抓住了就使劲地扯，发出非常响的声音。他的小手越来越灵活了，站在窗户边上就要拉窗帘，在书柜前面就要伸出去推书柜门，在冰箱附近则想伸手去掀盖在上面的冰箱巾……越来越不"安分守己"了呀。

行行已经不是吃整个拳头了，而是在吃手指，这意味着他由大动作在向精细动作发展了。

昨天，行行脚上穿了一双花袜子，抱住他的时候，他对自己的脚产生了兴趣，身体前倾观察了好一阵子。

在小宝宝的眼中，这个世界的一切是多么奇妙。只要不存在身体上的危险，父母不用限制宝宝们的探索。父母要学会的也是观察，观察宝宝对什么感兴趣，更敏感于哪些内容，然后加以引导，以他们能明白的方式去鼓励，这对培养孩子日后的自信心很重要。

🧁 对声音的兴趣（2004.4.17 周六）

行行每隔一段时间都对某种声音很敏感。最早是听莫扎特的弦乐小夜曲，然后是唐诗，现在是听唱歌。小姨或者外公一唱"北京的金山上光芒照四方"，他就咧开嘴笑，你唱一句，他笑一次，真是有趣。前一阵子，我们一学小猫"喵喵——"，鼠宝宝"吱吱——"，鸭子"呱呱——"，他就笑。

婴儿都有一双神奇的耳朵，乐于听到熟悉、悦耳的音乐。为小宝宝选择的音乐最好是经典的，旋律优美、轻快的。尽量不要用流行歌曲来为孩子进行音乐启蒙。

🧁 并非洋娃娃（2004.4.22 周四 晴）

行行的头发很长，也很硬，每次洗完头我们为了让它快点干，就往上梳，他的头发就乖乖地站起来了，结果让别人都以为他是一头卷发呢。卷发的效果很不一般，都说他像个洋娃娃。外公抱着行行在外面玩，一个拉板车的工人第一天注意了行行很久，第二天又是这样观察了很久，然后对外公说："这个娃娃，我还以为是外国的呢！"真好笑！这一头可爱的卷发，马上要和行行说Bye bye了。

天气太热，他还没有理过胎头，所以得来一次彻底的理发，理成个光头，然后再长。

行行天天都有新的变化，只是我们太粗心了，有时候时间又紧，没有把点点滴滴都记下来。这一个星期以来，他又有许许多多的进步。比如，他会好好地翻身，会坐起来（需要扶助）捡手边的玩具，能站一小会儿。最神气的是外公或爸爸把他举得高过头顶，行行就真的以为自己已经超过外公或爸爸了，他神气地四顾，神情兴奋，而又不是很张扬的兴奋，透露出一种含蓄：既骄傲又谦虚的样子。

在饮食方面，米汤（带几粒米也可）、蛋黄、苹果泥、柑橘汁都是他爱吃的，也有他不喜欢的东西，比如香蕉。吃的时候，如果不是很饿，他会很放松地自言自语，边说边吃，有时还要耍一点顽皮，把嘴嘟起来对着勺子里的果汁吹泡泡。最可恼可笑的是喂他吃蛋黄，他若不是很想吃，就趁勺子还没有抽出来时，"噗"的一下，像是要吹一个泡泡，结果溅得到处都是，真是一个顽皮的小家伙。有时候他会无意识地叫一声"妈——妈"，这三四天基本上都叫过。

今天，抱行行出去打预防针，他表现很好，喜欢坐车，看车上的人、车外的风景和街上的广告牌。打完针后，哭了两三声就止住了。另外一个和行行差不多大的宝宝，刚一解衣服就开始放声大哭，打了针后简直都哭不出声音了，让人心痛，还有几分担心。谢天谢地，行行是个勇敢坚强的孩子。

喜欢户外生活（2004.4.29 周四 多云）

行行这几天开始对妈妈"情有独钟"了，只要看见妈妈，就要哭上几声，眼睛看着妈妈，一副撒娇的样子。妈妈接过来抱一抱就好了。妈妈真是惭愧，因为数妈妈每天抱的时间最少。

前天给行行洗发、理发，其实只是把太长的剪短一点而已，是外公剪的，把那一头的"卷儿"都剪掉了。以前头发长、皮肤白，别人都说行行像个女孩儿。这下子头发短了，皮肤也晒黑了，露出了庐山真面目，虎虎有生气的一个野小子是也！说他"野"，是因为他只想在外面玩，如果早晨起来后过一会儿还不出门，他就会闹着出去，下午从外面回来，进屋之后也表现出极不情愿的样子。

孩子的天性就是最好的导师。他们天生就喜欢大自然。老卡尔威特和斯特娜夫人在精心培育他们的孩子时，都特别重视大自然在孩子成长过程中的作用。每一个城市里长大的孩子最欠缺的就是与自然的亲密接触。父母如果能有时间就陪孩子多到郊区游玩，也能部分地弥补一下。在野外，孩子也会发现天空是那样开阔，白云一会儿像小狗，一会儿又变成了金鱼，小鸟自由地飞翔；如果是晚上，他们会发现月亮那么亮，星星特别多……即使是还不会表达的婴儿，也会喜欢这样的环境。一个住在闹市区的同事曾经告诉我：她们家出了小区大门向左是一个树木葱茏的大学校园，向右是一个大超市。她家半岁大的孩子在熟悉了左右的环境之后，每次推着他出门向右拐他就哭，向左拐他就手舞足蹈。我们需要"与孩子的天性合作"。

有呼有应（2004.5.1 周六 多云）

我抱行行到床上玩，床上没有枕头，他的小枕头在外面的小床上。我把他抱到床边说："行行自己拿枕头。"并倾斜着身体让他的手够得到，他果然一把揪住了枕头的花边，抓得紧紧的，一直到里面的大床上，我又说："行行把枕头放下来。"他果然松开了，枕头掉在大床上。真有趣，他好像能听懂我的话。

行行的手臂真是有劲。早晨外婆抱他坐在沙发上，站起来的时候，他居然一只手把沙发上的那只紫色的大靠垫抓了起来。大约有两斤多重吧。小小的大力士！

外公今天叫"行行""行行"，他居然有两个时间段能甜蜜地应声了："哎——""呃——"，还带有各种表情。这小宝贝真是一天一个新变化。

今天晚上小姨过来了，还带来了两个小客人，行行起初不记得小姨了，面无表情地盯着小姨看，就像平时见到了陌生人一样。他好像在想，在回忆，过了一会儿，大概是想起来了，对着小姨甜甜地笑了。他对小姨带来的小圆圆也很感兴趣，眼睛看着她，嘴里"喔喔——"地说。

虽然几个月的宝宝不会说我们成人世界的话，但他们有自己的"话语"，有自己的表达方式，妈妈不仅要善于倾听，哪怕是那些成人觉得毫无意义的咿咿呀呀，而且要随时随地和他们对话，用清晰、准确的发音，说给宝宝听。这些活动都会在他的大脑活动中留下痕迹，日后，一旦能用习得的语言开口，就进步飞快。

🧁 小·馋猫，伸懒腰（2004.5.5 周三 晴）

行行会用小奶瓶自己喝水了。每当他自己用两只小手抱着小奶瓶把它送到嘴里之后，就有了一种成就感，本来不怎么喜欢喝的白开水也能"咕嘟——咕嘟——"喝上三四十毫升。

行行的手越来越灵活了，可以伸到头顶去挠头发，今天第一次看见他挠头发的动作，很熟练似的，而且在他挠过的地方还留有一个小棉线球，他把它弄到了额头上。他也可以坐在那里用自己的小手去扯脚上的袜子，前几天还仅仅只是凝视自己的袜子上的花而已，现在已经可以不怎么费劲儿地"脱下"袜子了。他揪住脚尖前面的那点空隙，使劲儿扯，不停地扯，直到把袜子扯下来为止。然后呢，嗨，我简直不好意思替你记下来了，行行——你把袜子往嘴里送，当成了饼干吗？想尝尝是什么味道吗？

行行在外面玩，大一点的乐乐姐姐在吃饼干，给了行行一小块，行行毫不犹豫地送到嘴里去了，估计味道还不错，勾着脖子使劲儿地啃手里的那块饼干，顺带连手指头也一起吃，吃得有滋有味。而且，小手还拿得挺紧的，那一小块饼干一直没有掉下来。

行行伸懒腰的样子真像大人，两只手臂使劲儿地向上一举，这个举的动作还稍微持续那么一会儿，然后手落到脸上，从额头、眉毛、眼睛、鼻子一路下来。两腿略弯一会儿，然后使劲儿向前面一蹬，整套动作才算结束。

行行睡觉时两只手臂分得很开，在床上躺成一个"大"字形状。小小的人儿，要占大床的三分之一呢！

不喜欢，所以不配合（2004.5.6 周四 晴）

行行快到半岁了，今天抱到照相馆去给他照套照。照相馆人多，摄影师跑来跑去的，而且摄影棚里面光线暗，又热，穿上他们提供的衣服，有的很厚，有的很紧，不合适。行行的情绪不怎么好，逗他时也不怎么配合。周围的道具成了他感兴趣的玩意儿，坐在镜头前面，一心只想去抓那些道具。结果只照了四五张就不耐烦了。抱到外面之后又好了，进去之后又不愿意，小脸涨得红彤彤的。下午一点钟的时候，行行也快饿了，只好坐车回家。他大约也觉得疲劳，在车上就睡着了，一直到下午六点多才醒过来，中间吃奶，尿尿，喝水也是迷迷糊糊的。

即使是半岁的宝宝，也有自己的好恶，有自己对周围环境的判断，父母要学会尊重他们的判断与情绪。

有趣的体检（2004.5.13 周四 晴）

今天抱行行到妇幼体检，打防疫针。行行现在18斤重，71cm长。与上次相比，体重没增多少，身高倒增加了8cm。看样子他会长得比较高。体检医生也说他属于比较结实的一类宝宝。

坐车出去，回来他都很乖，一声也没哭闹。体检时让他躺到量身高的木板上，他还乐得"呵呵"直笑；躺到那个窄桌子上听心跳，他也十分开心，像在家里一样，两条小腿使劲往上蹬。打防疫针时，拔针出来时哭了四五声，很快就止住了。真是个坚强、勇敢的好宝宝！

🧁 第一次理发（2004.5.23 周日 晴）

行行那一头人见人夸的卷卷发今天终于彻底理掉了。今天是农历四月初五，外公看农历说今天是个黄道吉日，第一次理发日子要选好而且要在上午，这样孩子以后记性好。我们是上午出去的，同去的还有蔚蔚。过了鼓楼，行行开始睡觉，到理发店之后还睡了三四十分钟。

理发的宝宝真多，从满月到两三岁的，参差不齐。我们耐心地等着。蔚蔚理发时哭，声音不大。可轮到行行就不同了。阿姨刚开始用电推子推时，他还没反应过来，不知道发生了什么事。大约推了三四下，妈妈看见他的小脸涨得红红的，知道不妙了，果然，他撇了撇嘴，就亮开了嗓子大哭起来，不说惊天动地，也可以说是声震四壁，一屋子都是他的哭声。用店里的玩具、别人带的玩具逗他，也只能暂时地起一点作用，一直哭到把头发理完，变成了一个光脑袋"小和尚"。

出了店门，他也就平静下来，一路走到车站，东张西望，兴致颇高。理了发换了一个形象，少了几分文静秀气，添了几分虎头虎脑的劲儿。

🧁 变着花样玩儿（2004.6.3 周五 雨）

行行身体各部位的活动日见其利索了。晚上睡觉的姿势不说花样百出，至少有四五种之多。一会儿向左侧，一会儿右侧，一会儿又仰卧。而他侧卧的时候小腿儿的位置也变化不定，有时候就那样自然蜷曲着，有时候两腿和上身呈直角姿势，有时候两腿蜷得服服帖帖的，就像还在妈妈肚子里那样。

手的进步更大，只要醒着，两只手总是闲不下来，什么东西都想去抓一抓，而且要放到嘴里尝一尝，包括袜子、鞋子、衣服。一桌子的东西，他能一会儿全都抓起来然后又一一抛开，结果弄得沙发上、小床上、地上到处都是他的玩具、帽子、袜子、鞋子、尿布。

而且他还会自己变着花样玩儿，譬如那个摇铃，以前是手握那个杆儿，大头的在上面摇。可现在你以这种姿势给他，他一会儿非换过来不可，就是倒过来，把细杆儿放上面，以便伸到嘴里。他还喜欢玩藏猫猫的游戏，妈妈抱着，外公或爸爸在妈妈后面叫他，一会儿左边，一会儿右边，他聚精会神地听，判断，然后摆头，头摆动的速度可以赶得上大人，找对了方向就会"咯咯"笑个不停。

行行笑的样子真让人感到陶醉。婴儿的笑，本来就是人世间最美的，那么甜蜜、开心、幸福，那样率真、纯洁，不染一丝一缕不净的东西，更何况，行行笑的时候还伴随着"呵呵"或是"咧咧"的稚气十足的声音，眼睛、嘴角都笑成一个最美的角度，眼睛里还洋溢着和你亲近的、懂事的或是正在逗你开心的神情。虽然他现在还不会用成人的语言说话、表达，但我总觉得行行什么都懂得，从他一出生时我就有这种感觉。行行的身上带有一种神性。我想，每个孩子出生时都是这样，区别只在于父母能否感受得到。

"儿童发展的一条基本原则就是，即便是最复杂、最成熟的儿童也需要游戏。游戏的价值不仅仅在于能给儿童带来乐趣，使他们感到放松，而且在于它能提供情绪和智力方面的学习。"

——[英]约翰·弗里曼《0～5岁孩子的智力激发法》

这么多奇妙的声音（2004.6.12 周六 多云）

行行真是一天一个新变化。这些天又有许多新的进步。他开始通过名称来认识物体了，认识墙上的钟、沙发上的大熊猫、电视、冰箱。我发现，他认东西的能力很强，最早是从钟开始的，电视教了两天，他就知道了，冰箱也是这样。在客厅中间，一念这几件东西的名称，他就会立马朝它们看。

行行对语言有不一般的感知能力。每隔一段时间——有时就是一两天，他都有感兴趣的声音。从莫扎特的音乐到唐诗，到各种动物的叫声，那段时间他一听见就"咯咯"地笑。有段时间，外公无意中念ABCD（啊伯兹的），他也听得直笑，对小姨唱的"北京的金山上光芒照四方"也是如此。前天，妈妈无意中给他唱字母歌，唱到"I can say my ABC"，他又笑了。这几天一听这就乐，然后又对他说"Happy Birthday"，"苹果苹果Apple"。他听了都要笑，一笑笑得眯了眼，露出将要长牙的牙板儿，可爱极了。

行行的两颗下门牙隐隐约约地露出了白点儿，但愿他长一口整齐洁白的牙齿。

"缺乏音乐的生活是枯燥的，对孩子节奏和音律观念的培养对他们的人生非常重要。孩子们应该在积极向上的节奏和美妙的韵律中生活，从雨声中感悟人生的节奏，在风声中学到坚强。也许，很多母亲不会唱歌也不会演奏乐器，但她们可以每天让孩子听唱片。日本的很多家庭都挂着风铃或者风弦，这对孩子乐感的培养是很有好处的。"

——[日]木村久一

手脚并用（2004.6.14 周一 雨）

洗澡的时候，爸爸把毛巾捡起来逗行行玩，形成一条连续不断的水线，行行以为那是固体一样的柱体，伸出手去握，伸出食指和大拇指去揪，却怎么也握不住，待会儿水流变小了，连不成线，只断断续续地滴，他不干了，要哭鼻子了，手伸在那儿还要捉……

行行的脚和腿有种特别的灵活。玩玩具时手够不着的时候，他毫不犹豫地以脚代手，而且也不逊色多少。他喜欢掀起饭桌上的桌布，有时候把他抱得远一点，手够不着了，他就用脚去蹬。他还用脚去蹬那个玩具琴，让他发出各种各样的声音。最有意思的是，今天早晨醒了，他用光光的脚丫子去蹭墙上贴的那张"幼儿看图识字"，从这个图案蹭到那个图案，因为他的头、上半身离墙较远，手够不着。他那专心致志，乐此不疲的样子，真是好笑。

墙上的那张图画，在刚贴上去的那天就被行行撕掉了一个角，他喜欢那个角一扇一扇的，当然是他用手撕了才会扇。昨天妈妈把那个角用透明胶带贴上了，半夜里行行翻身的时候，还用手摸那翻起的角，大约是迷迷糊糊发觉不一样了，还用手在那连续地扑打了一番才罢休。起初，我以为他醒了，一看他的眼睛还闭得严严的，翻了几个身又睡着了。这个调皮的小家伙！

这段时间一直没加辅食，行行一顿可以吃220ml的奶了。

行行很爱笑。在家里是这样，出门了也是这样。在外面还喜欢一笑就扑向妈妈怀里，不好意思似的。

孩子就是这样探索世界的，用眼、耳、嘴、手、脚，身体的各个部位。蒙台梭利教育试验的主要部分就包括感觉教育。她认为，感觉教育的主要目的是通过训练儿童的注意、比较和判断的能力，使儿童的感受性更加敏捷、准确、精炼。

🧁 这就是夏天（2004.6.22 周二 晴）

这几天都是高温天气。好不容易等到行行不拉肚子了，可又长出了一身痱子。昨晚洗澡时发现红了一大片，今天就变成了一片一片的痱子。两只胳膊上最严重，胸前也有，背后和腿上也有零星的几块。大家都说是我给行行穿得太多，晚上捂得太厚之故。找不出别的原因，也许是这样吧。

因为他腹泻，所以前一阵子特别小心，怕他受凉，谁知道又是这样子。小宝宝真是很娇嫩啊，需要特别精心的呵护。我们都没有经验，虽然书上写了很多，别人也说得不少，但养孩子这门学问同其他学问一样，不是看看，听听就够了。别人讨论的只是自己宝宝的成长经验，也不能全听别人的经验。真难啊！做一个新手妈妈和干其他工作的新手感觉一样，时刻都有些惴惴的。

虽然育儿的书各种各样，但没有哪一本是万能的，也没有哪一本是可以完全照搬的。因为每一个孩子都是一个独特的存在，最好的方法仍然需要父母的观察和总结。

笑着看世界（2004.6.26 周六 晴）

今天是高温天气。室内已有30℃，盼望已久的行行的小牙终于长出了一颗。下面靠左的一颗，用勺子喂他吃东西的时候，可清楚地听见行行用牙齿咬勺子的"叮叮"声。紧邻的那一颗不知为什么没有同时冒出来，看样子也快了。

行行长大了肯定很乐观。他是那样爱笑，一天到晚除了热燥、饿了，或者把尿的时候要哼哼几声之外，其余时间几乎都是笑呵呵的。各种各样新奇的发音和他感兴趣的东西最容易引发他愉快的笑。冰箱、冰箱巾，以及冰箱上面的花，他都爱看，还想摸一摸，一走到冰箱那儿，我们一说"冰箱"，他就笑了，伸出两只手就要去摸，去够冰箱顶上的花瓶。

这几天，他发现了电视旁边的一束葵花，非常喜欢。抱着他往那儿一站，他就冲着向日葵笑，如果妈妈再唱一句"好一朵美丽的向日葵"，他就更开心了。每天都有一种他没有听过的声音能引起他"咯咯"的笑声。昨天，我们用方言说"小姨儿"，他笑个不停。但今天就习以为常了。今天对他说"one, two, three, four, five, six……"，他又咯咯地笑。

唯一让妈妈不放心的是，他一抓住什么东西都要向嘴里喂，所有他想够得着的定西都想去咬一咬，甚至洗澡用的澡盆，餐桌，更不用说玩具了。

体验夏天的热（2004.6.29 周二 晴，高温）

一连两周都是高温天气，小宝宝们越来越有些耐不住这样的酷暑了，行行也不例外。痱子虽然好了，但闷热多汗令他不怎么舒服，经常哼哼唧唧的。即使开

着空调睡觉，也让妈妈不放心。原以为夏天比冬天好过，并非如此——除了随时都可以洗澡之外，其他也没有什么好处。

爱上洗手洗澡（2004.6.30 周三）

行行养成了勤洗手、勤洗澡的好习惯。他很喜欢洗手，只要一看见脸盆，就把小手伸过去，拍打着水，溅起许多水花，他觉得很有趣。每次洗完手把水端走的时候，他就不干了，哼哼着还要玩，或者干哭几声表示抗议。

如果到了晚上八点半还不给他洗澡，他就有些不舒服了，哼哼唧唧的，但一把他放到澡盆里就高兴了。而且洗澡时很不安分，要用手拍水，要挣着站起来，他扶着盆沿几乎能站起来，站起来之后又弯着腰伸出小手东摸西摸，甚至是拍打地板也觉得其乐无穷。行行的劲儿大，手脚、四肢都灵活得很。妈妈和爸爸给他洗澡时都不敢走神。他像一条活泼的鱼儿，一不小心就会跳出盆儿。

这几天，行行睡觉时间都还比较长。白天睡两次，一般每次两小时，晚上差不多9点多就睡了。因为他玩儿得带劲，所以睡得也踏实。

添加辅食（2004.7.4 周日 晴）

行行这几天又有厌奶的倾向。我们给他加了不少辅食，接受上次的教训，这次加得很谨慎，不过种类够多的了。有小米粥、南瓜粥、猪肝粥、鸡肝粥、蒸鸡蛋、西红柿汁，就是还没有吃过荤和面条。剁得碎碎的，煮得烂烂的，放一星星的油。行行还比较喜欢吃。基本上，这几天都只有早、晚各吃一次牛奶，看来，他的肠胃功能也比以前完善了一些。

这段时间只有爸爸、妈妈和小姨带行行。爸爸妈妈又要轮流着去监考，真是忙得不得了。好在行行还没有闹，这么热的天，他还耐得住。每天早晨六点多就出门散步，差不多两小时后回家。下午五点多再出门，天黑了回家。白天上、下午各睡一小会儿，晚上九点钟左右睡觉。作息比较有规律。

🧁 八个月的行行（2004.7.8 周四 晴）

行行仍然不喜欢吃牛奶，不过吃其他的东西还挺乐意。从昨天开始吃小青菜煮面条了，他还挺喜欢的。早、晚各一次牛奶，吃得也不多，有时只吃120ml。中午、晚餐时间只吃辅食。这两天，中午的食谱是：蒸鸡蛋一个、小青菜煮面条一大匙、煮老南瓜一大匙；晚上的食谱是：猪肝末稀粥，还加一点面包。昨天晚上，我把猪肝和丝瓜一起煮，然后兑上小米大米粥，行行竟然吃了一满碗。小家伙真的是一天一天地在长大。

行行这段时间最明显的进步是运动能力的提高。他能在床上连续打好几个滚，能由仰卧到俯卧再到仰卧。最可爱的是他做出爬的样子，双手、双膝都着地（床），跃跃欲试，连续地做出马上就要前进的架势，可就是不敢爬出第一步。手的动作也明显精细化，拿东西还是倾向于一把抓，但有时候也能无意识地做出指的动作，只用大拇指和食指去够。行行的胳膊和腿都非常有劲，一把抓住妈妈的衣领，平躺在床上的他能借助这个力量坐起来。

行行的语言能力也在进步。虽然无意识地叫"妈"的次数减少了，但他有时候要独自"喔喔"地唱一会儿歌，有时候要大声地而且是突然地尖叫几声，看着小姨和爸爸，他会有意识地通过某种声音和他们打招呼或是当他们没注意他时引起他们对他的注意。

行行还是拿东西啃。在菜场，他能两只手捧起一个一斤多重的香瓜往嘴边送。我们有时给他一个洗干净的黄瓜尾巴让他磨磨牙，通常是小姨洗了递给他。小姨逗行行说："行行，给我吃一点！"没想到，行行居然很大方地把黄瓜给小姨吃。妈妈也逗他说："妈妈吃一点！"他面带微笑地把黄瓜举到妈妈嘴边。还不到八个月的孩子，就已经知道回报大人的爱了。

行行最惹人喜爱的是他的笑。他是那样爱笑，和他说话，他笑，逗他，他笑，甚至抱出去散步时，他低着头看水泥路，他也笑，独自一个人笑。他笑得那样灿烂，那样天真无邪。我想，这是因为行行的精神一直都处于愉悦状态的释放。

行行的爸爸、小姨都说妈妈太溺爱行行，从不批评行行。妈妈的确是舍不得板着脸严肃地和行行说话，因为他很敏感。本来很喜欢小姨的行行，一见到小姨就笑，今天上午因为调皮，小姨严肃地批评了他，结果，他不再对小姨笑了，看见小姨也显得很严肃。我想，我能通过和风细雨的方式来培养行行。不过，有些地方得坚持原则，他不能摸、不能玩的东西一定不让他摸、不让他玩。那一天，玩电扇把手指头卡到里面了，昨天洗手时又把放杂物的玻璃架拽掉了，玻璃打碎了，差点划伤了行行的小脚，妈妈想着很后怕。这些地方一定得坚持原则，不能由着行行来。

行行七个半月大时长出第一颗牙，能稳稳地坐在床上或澡盆里玩玩具，很喜欢"蹦蹦跳"，很有节奏的那种。

行行八个月零两天时能自己坐起来，从仰卧到坐，这是很大的进步。

行行八个月零几天时长出第二颗牙。

🧁 会用声音打招呼（2004、7、12 周一 多云）

行行今天有一个很明显的进步，就是可以自己从床上坐起来了。前几天，他很想从仰卧到坐的时候，总还需要借助一点外力，今天已经独立完成这一动作了。小伙子，真棒！

行行今天还有一个进步，会发出一个很像是"给——"的音，尤其在他高兴的时候，和别人打招呼的时候。行行很喜欢大人们注视他，特别是在小姨面前表现得更明显，大概是因为小姨总是逗得他很开心。当他看见小姨干别的事去了，比如看电视去了，眼睛没注意他了，他就会笑眯眯地冲小姨招呼："gei——"，小姨扭过头来对他笑，和他说话，他笑得更甜了。

🧁 学会了坐立（2004、7、19 周一 多云）

行行学会了坐立，总是想有机会展示，有趣的是，半夜睡得迷迷糊糊的，要尿尿或是想吃奶了，他闭着眼睛仍然使劲儿地想坐起来，他用一侧的胳膊撑着向上，妈妈以为他醒了，其实，他还处在睡眠状态中呢！

这半个月的时间，行行都不愿吃牛奶，前几天喝了几顿"儿宝"后稍好了一点，这几天吃得很少，昨天白天只吃了100ml，我们担心他营养不够。也没哪个医生能说出他为什么厌奶，真是让妈妈着急。

今天出去打麻疹疫苗，检查卡介苗接种情况，还剪了几撮头发查微量元素。他现在对坐车、上街似乎没有小时候那样好奇了，也不睡觉了。打针时也表现得很勇敢，哭一声就不哭了，不过，有好一阵子不高兴，看着爸爸妈妈也不露一个笑脸。以往，只要我们一逗他，他就会露出灿烂的笑容。他也许在想：爸爸妈妈为什么要把我抱到这里让我疼痛呢？

🧁 行行啃西瓜（2004、7、24 周六 高温）

行行对西瓜很感兴趣。只要一看到西瓜，不管是在菜场还是在家里，也不管是整个的西瓜还是切开的西瓜，他都朝那个方向伸出手，一边"哼哼"着，表示他想要。前天专门给他买了一个一斤多重的小西瓜，他像得了宝似的玩儿了半天，手指甲缝里全是抓掉的西瓜皮。最有意思的是，他的洗脸盆上画了一个半很形象、逼真的西瓜，妈妈指着盆沿上的西瓜给他看，结果行行一把抓过盆子，对着盆沿上的西瓜就啃，惹得我们大家都笑了。

从上月初开始，行行特别依恋爸爸妈妈。特别是妈妈，若妈妈从外面回家没有先抱他，他看见妈妈了，准要哭几声，伸出手要妈妈抱。平时，妈妈在家也是这样，别人抱着，妈妈从他身边经过，他也闹着要妈妈。要是妈妈接过来了，他会幸福地偎在妈妈的肩头，骄傲地笑着向外公外婆或者小姨、爸爸炫耀。

他特别喜欢对着小姨炫耀，玩什么新玩具时也喜欢听小姨夸奖，他玩一会儿看一下小姨的表情。小姨一伸大拇指，他就笑，然后继续玩儿。他也依恋爸爸，昨天晚上天黑了在楼下玩，爸爸扔垃圾从他旁边走过，叫了他一声，没抱他，他大约是觉得受了冷落，"哇哇"大哭，外公只得又抱着他上楼来找爸爸。其实，他只听见了爸爸的声音，这小家伙，长大了肯定也是一个情感丰富的man。

行行的大拇指和食指在一起动作配合得相当好，他用这两个指头去拈牵线玩具大公鸡的线头，很灵活。

早晨起来，妈妈问行行："行行，妈妈的鼻子呢？"行行就使劲儿揪住妈妈的鼻子。

🧁 认识月亮（2004.7.25 周日 高温）

因为天太热，行行晚上也在楼下乘凉，昨晚乘凉时，行行认识了月亮。今天晚上妈妈抱他下去，一问"月亮呢"？他就看那半轮黄黄的月亮，表现出很喜欢的样子。躺在妈妈的怀里散步，他不时地抬头看看月亮，还独自对着月亮露出甜甜的笑容，真是喜欢啊！

当孩子初次认识某一事物时，父母应当准确地告诉他这件事物的名称。行行四五岁时曾经和一个小朋友在一个湖边玩，那个可爱的女孩见了湖就兴奋地说：好大一条河啊！她的父母不在身边，爷爷奶奶从来没有帮她区分过什么是"湖"，什么是"河"。

🧁 喜欢小推车（2004.7.29 周四 高温）

蔚蔚哥哥买了一辆车，行行很喜欢坐，昨天爸爸出门为行行也买了一辆回来。昨天下午，外公推着行行，行行很乖地坐在车里面，还跟外公学会了握手，妈妈下去接他，他居然第一次没有赖着要妈妈抱，伸出手来要和妈妈握手，笑眯眯的。这小宝贝儿，越来越有大人样了。今天早晨，行行六点钟就醒了。醒来之后，自己坐起来玩，也没哭，也没闹，他揪被单，扯墙上的画儿，津津有味的。

洗了脸之后，又和外公一起出门了，外公推着他到学校大门口，又推回来。妈妈接到菜场，大约是坐的时间长了，嚷着要妈妈抱。

过了会儿，外公买馒头回来了，行行已经认识了馒头，知道那是可以吃的东西，伸出手非要吃。不给他，他就急得要哭，只得撕下一小片儿让他拿在手里，结果走在路上时，行行手里的馒头掉了，他哭着还要，外公又给他一点儿，他急忙塞到嘴里，这小馋猫，什么时候才能有男子汉的风度呢？

🧁 行行会爬了（2004.8.2 周一 多云）

前几天行行老在床上跃跃欲试地爬行，可就是不会向前移动手臂和膝盖。从昨天开始，他就开始独立地爬行，简直是有些神奇，当然，其间外公和爸妈都教了他一点儿。

昨晚妈妈回来后，外公告诉妈妈行行会爬很远啦，但妈妈没亲眼看见。今天妈妈回家早一点，和行行在拼图上玩花皮球，花皮球老是滚得远远的，滚出了拼图的范围，快到餐桌那边去了，行行毫不犹豫地去追，他爬得非常快，动作一向都不伶俐的妈妈简直跟不上他。

实际上，他已经完全可以独立爬行，可我们担心他偶尔失手，头会碰到地上，所以还是轻轻地用双手围住他的腹部。他爬行的速度超过妈妈的步速，妈妈得集中精力才能跟上他。他追着小皮球，小皮球一会儿滚到这边，一会儿滚到那边，行行开心地爬着去追呀追。也许是刚掌握了一项新的本领，他自己也觉得很新奇、兴奋，洗完澡后还想去爬一爬，妈妈把他揪住了。

行行喜欢的另一项活动是拍皮球，那个绿黑相间的小皮球是他最喜欢的玩具，简直是百玩不厌，他在床上拍它，在拼图上拍它，站在椅子前面拍它。最合适的是站在木椅子前拍，木椅子的高矮更适合他，而且也施展得开。他拍球的动作还挺到位，用两只手把球抓起来，抬起手臂，然后往下丢。

行行前几天也不是很敢扔东西，比如扔乒乓球，他把球握在手里，不是像大人一样用手指头把它丢下去，而是慢慢地伸开手掌，倾斜手掌，即使不倾斜，乒乓球也会自己滚下去。整个过程中，他很慎重，像电影中的慢镜头。而现在，扔小皮球的动作灵活多了，整个动作看上去连贯而且协调，很像那么回事儿。

这近一个星期是行行非常有规律的日子，胃口也好起来了，每次吃奶几乎都能做到一滴不剩，辅食也吃得很高兴，大便也正常，睡觉也有规律，上、下午各一觉。因为吃得好，睡得香，所以精神很好，玩起来很尽兴，只要不是在睡觉时间，他都非常忙碌，要忙着探索这个对他来说什么都有意思、什么都有趣味的世界。

他几乎认遍了客厅和书房里的所有东西，从冰箱、电视、电扇、吊灯、电脑到他的玩具长颈鹿、大公鸡、小猴子……还有1～9的数字，楼栋的标号和楼层的标号，他都认识。

也还有他弄不明白的东西和事物，一按开关，灯就亮或灭，他有些迷惑，但他也尝试去理解，好几天以前，我让他看客厅里吊灯的开关与灯亮灭的区别，他好像知道了一点，也用手去碰开关，准确地说是摸，摸一下，他就抬头看吊灯有什么变化，这之间的逻辑关系他正处于半懂不懂状态，还得继续教他多看事物之间的联系。

饮食上也稍丰富了一点，用鲤鱼熬汤给他煮面条或加到稀饭里面，有一次还用香菇给他煮面条，他特别爱吃，吃完了还意犹未尽，油也比以前放得多一点，他的肠胃都接受了。

今天在医院陪妹妹时看见别人刚生下来的小宝宝，简直不敢相信行行八个多月之前才那么一丁点儿。八个多月的变化真是大啊。感谢上天赐给我这么好的孩子，我应当也一定会尽全力将他养育成他应该成为的那一个人。

婴儿爬行有助于视力发展，所以爬行值得鼓励。一个人的视觉提供给大脑的知识和经验，比起身上的其他所有感官加在一起所提供的知识经验还要多。因此，人的视力状况、眼睛的能力、视觉向大脑反映情况的速度和精密度，将直接影响大脑所掌握的知识的深度和广度。

——蒙台梭利教育法

漂亮的妹妹出生了（2004、8、3 周三 晴）

小姨的孩子今天出生了，是一个很漂亮的小宝宝。行行也有妹妹了。

下午两点多，护士抱着宝宝出手术室进产房洗澡。宝宝一下子就揪住了我的心，她那双灵活的眼睛。她睁大眼睛看着我，眼睛中流露出无助的眼神，看了让人怦然心动。头发又长又黑又亮，嘴巴和眼睛乍一看，像她爸爸。漂亮的宝贝，让你妈妈受苦了。

小宝宝饿了，到处找东西吃，想吃包她的被子，嘴巴周围的衣服，甚至还想举起自己的小手往嘴里喂。大约是那些护士抱着宝宝在空调中待久了，或是洗澡水温度太低了，宝宝打了不少的喷嚏，还流了点鼻涕。我们喂了她一点点白开水，她还是到处找吃的，总也找不到，她也不睡觉，终于忍无可忍"哇哇——"地哭起来了，声音有点细。喂了她一点点牛奶，吃了之后，小宝宝才安然入睡。

宝宝哭的样子和大人一样，我抱着她，能感觉到她的哭泣不是仅仅来自声音和喉咙，而好像是来自内心深处的，很细很长的抽泣，全身颤动，令人顿生怜爱之心。

愿小宝宝和行行一起健康成长！

生活有规律（2004、8、11 周三 高温）

又是连续几天的高温天气，行行还好，除了睡觉在空调房里之外，仍然在这么酷热的天气里摸爬滚打，出了非常多的汗，他的头发一会儿就被汗浸湿了。每天的活动、吃饭、睡觉都很有规律。早晨起床后，先和外公一起出去遛一圈，外公推着他，然后回来吃点稀饭，在家里玩上一阵子——爬着拍皮球，或是在床上和外公逗乐，或是看一会儿碟……然后睡一两个小时，通常是中午醒过来，然后吃饭或者喝牛奶，这几个小时都呆在家里玩，下午三点多再睡一觉，五点左右就可以出去了，今天一直玩到八点多才回家。

洗澡之后还要玩一会儿皮球，或是爬上一会儿，才哄他睡觉。玩累了睡觉也不哭，也不吵，晃几晃就睡着了。有时候，行行睡着了会迷迷糊糊地坐起来，通常是憋尿了，昨晚居然自己从有床头的一头转移到了另一头，真不知他是怎么翻的。小宝贝，安全第一哟！

🧁 时间在钟那里（2004.8.14 周六 雨）

从昨天下午开始，天气变凉了。几阵秋风吹落了一层树叶，真有一股秋意了。今天因为下雨温度更低了，简直有凉的感觉了。今年暂时不必为酷热担心了。

今天吃晚饭时，我问："几点了？"外公和爸爸扭头向钟那边看时间，行行也扭头去看，外公惊喜地说："行行也在看时间。"我们又试了几次，发现他真的是在看钟。平时我们没有刻意地教过他，只教他认了钟，偶尔可能说过现在几点了之类的话，而他居然记住了，并且在钟和"现在几点了"之间建立了一种联系，这真是一个不小的进步。

学会建立联系也是一项重要的训练。譬如时钟和时间的关系，开关和光线的关系……

🧁 学习倒立（2004.8.16 周一 雨）

几天前，妈妈就发现行行喜欢把头抵在床上，他玩一会儿就做这样一个动作。昨天晚上，乐乐哥哥来玩，还有境零阿姨他们，共四个人，行行玩得很开心，大概是家里很少这样热闹。床上放了一床叠成方块的被子，上面印着小熊的图像，妈妈对行行说："看，小熊，bear。"行行听了直笑，然后就爬过去，把头顶在被子上，屁股撅起来，做出倒立的样子。一会儿工夫，他玩片刻就这样试一试，真是有意思，从来没有人教过他，难道这也是人的本能之一吗？

行行这段时间很喜欢往地上扔东西，能扔的，乒乓球之类的，还有不能扔的，都一股脑儿往地上扔，然后听它们发出来的声音，他对这个很感兴趣。

爬着跑（2004.8.19 周四 晴）

行行每天都过得非常开心，他笑得是那样灿烂，如他爸爸所说"是发自内心的笑"，逗他时，他笑，看见他自己感兴趣的东西或是发现自己感兴趣的动作，他也乐不可支，简直笑成一朵花儿。

妈妈今天买葡萄回来，吃的时候，爸爸撕成小块儿喂他，还给他两颗拿在手里，他往桌子上扔，往地上扔，像扔乒乓球一样，扔下去的时候还要观看葡萄有什么反应。葡萄滚了或是静止不动，他都表现出其乐无穷的样子。晚上在地上追着球"跑"，是爬着跑，一会儿就把妈妈累出了一身汗。地板太硬，一不小心就会摔着头，真是伤脑筋。昨晚，妈妈没扶好就把行行的额头给磕了，今天想起来还惭愧不已。

行行会Bye bye啦。行行从今天早晨开始有意识地伸手和老奶奶们Bye bye。下午，爸爸又给他强化了一下。以至于晚上给小姨打电话时夸他会Bye bye了，他一听到Bye bye，就立刻挥手做了一个再见的动作。小宝贝，真是一天一个进步。

好笑的新词语（2004.8.23 周一 晴）

行行对没有听说过的词语总是报以会心的笑声，最早是对各种动物的叫声，妈妈模仿小猪、小狗、鼠宝宝等的声音，他"咯咯——"地笑，饶有兴趣地看妈妈的嘴；然后是对英语的发音感兴趣，听英文字母、单词、句子，他都笑。

有一阵子对方言也很敏感，如"小姨儿"的方言叫法，现在则是对什么新词都感兴趣，如"毛巾被"、"蓝带啤酒"、"原配夫人"、"正方体"、"长方体"、"立方体"等。昨天甚至对"黄豆"、"绿豆"感兴趣。（对了，有一阵儿对歌曲，特别是革命歌曲感兴趣），开心得不得了，露出两颗小门牙。

行行的上门牙有一颗又露出来了。

行行懂的事越来越多了，他居然无师自通地分清了后面的"11栋"、"12栋"，对月亮的各种形状也很感兴趣。今天下午看见了天边的上弦月，"噢——噢——"大声地叫个不停。行行有意识地和别人打招呼也是用这种方式。当外公、外婆、妈妈没注意到他时，他会这样提醒你。

🧁 学习新动作（2004.8.27 周五 晴）

行行可以在床上完成一个倒立的动作了，妈妈看着既高兴又担心，还有些不解。高兴的是，他无师自通地能完成这么高难度的动作；担心的是，这个动作会不会有什么对身体发育不利的地方；不解的是，他为什么要这样做，从未见过哪本书上，也从未听人说起过九个多月的宝宝会这么做。

行行好像是把它当做一种休息、一项游戏来对待的，就像有时候玩累了，他喜欢在松软的被子上俯卧一会儿，头埋在被子里"噢——噢——"地叫几声一样。

行行已经可以扶着床头站起来了，而且很喜欢站起来。大约每学会一个新动作都是很兴奋的，要常常练习。在拼图上玩，他除了爬之外，就只想站起来玩玩具，站着拍球，丢盆子，甚至是站起来又弯下腰去玩那个带响的琴，也不愿坐着玩儿，看样子，行行到一岁时就会走了。

行行和妈妈已经建立起牢不可破的依恋关系。最喜欢妈妈抱，一见着妈妈就"黏"上去了，分不开，除非是有人抱着他开门出去玩，开心时他会笑着和妈妈说Bye bye，否则，谁也别想把他从妈妈手中接过去。

🧁 懂得妈妈的话（2004.8.31 周二 晴）

行行的进步真是让妈妈感到欣慰。前几天，行行拿起一根香蕉就啃，妈妈说："不行，要剥皮。"行行果然用他的小手指头去抠香蕉的皮，他已经完全能听懂妈妈的意思了。

行行拿起电话的听筒就知道放在耳朵边。不管是真电话，还是玩具电话，有时候放反了，那样子真逗！

因为妈妈从第一天开始，就把行行当做一个真正的交流对象，所以九个多月的行行已经能完全明白妈妈的意思了。

🧁 作息和饮食（2004.9.2 周四 晴）

行行这一段时间以来都只睡一觉了，12:00左右睡两小时，晚上八点多就睡了，爸爸妈妈终于可以和行行一样睡一会儿午觉了。行行的消化能力还真不错，一天基本上吃两顿饭、三顿奶、两次水果，一天拉1～3次粑粑，偶尔有点结。

🧁 无意识，有意识？（2004.9.3 周五 阴）

行行今天洗完澡后假哭着不肯穿衣服，妈妈把他抱起来靠在妈妈肩上，听见他比较清晰地叫"妈——妈"，妈妈惊喜万分，可爸爸说是因为他正在哭的嘴巴碰在了我的肩头。

妈妈仍然认为这是行行自己有意识的发音，因为妈妈听见第二个"妈"的发音比第一个轻许多，他还分了轻重音呢！

小家伙，从出生的第一天，妈妈看见你浓黑发亮的头发、灵活的小眼睛，妈妈就把你当一个小大人了，一个什么都懂得、什么都明白的小大人。你是神灵派来的小天使，你的"精神儿"是一个"先在"。

🧁 新家新环境（2004.9.5 周六 晴）

从周三开始，家里多了小姨和刚满月的佩芷妹妹，行行开始有点记不起小姨，过了一阵子，大约想起来了，开始对小姨笑，还是像从前那样，觉得有什么得意的事，都看一看小姨，估计是向小姨炫耀一下，等着小姨夸她。小姨问"行行，小姨的大肚子呢？"行行马上低头去看小姨的肚子。

佩芷妹妹哭，在床上伸胳膊伸腿，他觉得有意思，好奇地看一会儿，又去做别的了。他对比他小的孩子总是不很感兴趣，对妹妹还好，有时看她一会儿，有时还对她笑一下。不知，他看着这个比他还小的妹妹在想些什么。

今天，我们送小姨和妹妹到市区的新家去，在路上，行行睡着了，在新家醒来，一看周围都是新环境，马上"噢——噢"地叫唤，像是在问："这是在哪儿啊？"他在三间卧室的地板上极自由地爬来爬去，因是木地板，不像家里的地板那样硬，我没扶他，他爬得很快、很稳。他对射进来的阳光很感兴趣。

晚上一开吊灯，玻璃上有一个影子，地板上也有个影子，他既好奇又迷惑不解，老是对着这两个影子叫唤。早晨有时醒得晚，天花板上有太阳光，一行行的，他发现了也要"噢——噢"地说，平时妈妈根本没注意这个，经他提醒，才知道天花板上有几缕阳光呢。

如果足够谦虚的话，成人可以跟着孩子再次培养自己的观察力，妈妈就是在行行的带领下重新找回了很多已经迟钝了的能力。

🧁 体检、喂养（2004.9.9 周四 晴）

我们带行行去体检，高73cm，重20斤。这4个月只长了2cm、2斤，速度真的慢了下来，妈妈也没办法。这几天行行又有厌奶情绪，今天一点儿牛奶也没吃，晚上冲了三次，三次都是一口不吃，尝都不尝一下，真让妈妈焦心。

行行一上街就累，而且便秘，这几乎成为规律。昨天在车上睡了两觉，时间都不短，晚上9:00睡觉，今天早晨直到8:15才起床，一夜未吃牛奶。今天直到晚上睡觉前才拉了点儿粑粑。午睡的时间也很长，12:30－3:30，好久没睡过这么长时间的午觉了。晚上不到9:00又睡着了。

行行一不好好喝奶，妈妈就着急。因为吃奶时饭菜还可以马虎点，不吃牛奶总觉得他吃这也没营养，喝那也没营养，有点手足无措。

🧁 会叫"妈妈"啦（2004.9.13 周一 晴）

行行会叫"妈妈"啦！今天早晨外公抱着他，他想到妈妈这里来，妈妈忙着别的事，他叫"妈—妈"，看着妈妈，还面带笑意，妈妈幸福地接过他，他好像不好意思地趴在妈妈肩头直乐。发音还比较清楚。

昨晚吃了150ml的牛奶。

🧁 会叫"爸爸"了（2004.9.14 周二 晴）

行行是真的会叫"爸爸""妈妈"了，今天叫了很多遍，最激动人心的是，下午睡觉起来后，外公教他叫"爸爸——"，外公一教，他就喊，还"爸爸""爸爸"连续不断地叫。

最有意思的是，他对自己最初的牙牙学语好像不太确信，叫了之后总是露出害羞的笑容，就像一个初次上台演讲获得掌声的新手一样，既新奇激动又羞怯腼腆，那神情出现在一个10个月大的婴儿脸上，真是有些让我吃惊。孩子独有的神性、灵性的成分在行行身上表现得特别明显。

仔细注意孩子的神情，你就越来越意识到他们有丝毫不亚于成人的心理世界和感情世界。

🧁 越来越会玩（2004.9.17 周五 热）

行行玩得越来越有水平了。外公教他，他学会了两个乒乓球一起扔到地上，看它们按不同的节奏乒乒乓乓。他自己无师自通地把他的两个小盆子抓在手里碰、挪、转，各种玩法他都会，而且玩得非常专注，一个人能兴致勃勃地玩上一个多小时，玩球、盒子，游戏、倒立，扶着站起来，他几乎能走了，而且走得很快。

🧁 在做梦了吗（2004.9.21 周二 雨）

行行中午睡着时还喊了一声"妈"。

行行现在睡觉的时候肯定会做梦，晚上在熟睡中，他又像平时那样兴奋、惊奇地"噢——"了一声。

每次妈妈从外面回家，行行都以最开心、最灿烂、最可爱的笑容迎接妈妈，妈妈感觉幸福极了！

🧁 分得清表扬和批评（2004.9.24 周五 雨）

昨天给行行理发。在新房子里玩了大半天，晚上才回来。行行很喜欢小姨和妹妹，一见小姨那个高兴劲儿和他那热烈的、灿烂的笑，真是让人心醉，妈妈用这人间的语言简直描绘不出他那赤子的笑容的神韵和美，那是只有这样的宝宝才有的笑容，还带着神的灵光和赐予的微笑。

行行对表扬和批评分得清清楚楚，而且好像睡着了还知道我们在说什么。今天晚上，行行刚睡着，妈妈一边抱着行行，一边和新请来的春雪姐姐说他喜欢咬衣服的坏习惯，他突然发出一声抗议和不耐烦的尖叫。这孩子，真是什么都能听得懂。

行行的脾气有些急躁，不知是天生的，还是妈妈给惯的，等他懂事点了，得慢慢帮他改正。

🧁 "行行，打拳"（2004.9.26　周日　晴）

行行跟外公学会了打拳，真有意思啊！一说"行行，打拳"，他就会使劲儿地伸直手臂，握紧拳头，小脸憋得红通通的，真是像模像样啊！刚睡醒时打拳，拉粑粑时也打拳，真笑人。

行行还学会了用脚踢球。好像没有人刻意地教过他，晚上，妈妈说"行行，踢球"，他真的用脚去踢，一玩就是好一阵子，累得"呼哧呼哧"还不肯罢休。

行行想走路了，这几天老想下地去走。

来自于父母的鼓励是多么重要！因为孩子在探索的过程中并不知道哪些是正确的，哪些是不应当的。孩子从长辈那里接收到最初的信息，然后根据这些信息，渐渐确立他和世界之间的关系。

🧁 能站立了（2004.10.1　周五　阴，风转晴）

行行的本领越来越大了。这两天学会了拍手欢迎、扭拢放开。今天早晨他居然从床上只扶着薄薄的一层被子（相当于什么也没有扶）站起来了，还站了那么一小会儿，半分钟的样子。看来，可以允许行行学走路了。

行行的第四颗牙这几天也完全"破土而出"了，露出了白白的一小截。

行行还是只会叫"爸爸"、"妈妈"，让他叫他就叫，让他叫"奶奶"、"爷爷"他也叫"爸"、"妈"。有时候，他自己也会主动地像练习发音似的叫上一阵子"爸、爸、爸、爸"和"妈、妈、妈、妈"。

自说其"话"（2004.10.5 周五 晴）

行行从昨天开始，会用自己的"儿语"说出一句话来，听起来像是用方言连续地叫"奶奶、奶奶——"。在两种情况下说得最多，一是有什么要求时，再就是不满意、不高兴时。外公高兴地说行行会叫奶奶了，其实这是行行在自说其"话"。

彻底断奶了（2004.10.6 周三 晴）

从10月2日以来，晚上都是爸爸哄行行睡觉、给行行把尿、喂牛奶。行行有时候睁开眼睛会看见妈妈，他就哭得更起劲。他弄不明白，为什么妈妈就在这里，却不抱他，不哄他，也不喂他奶吃。他哭得伤心坏了，尤其是10月2日第一个断奶的晚上，妈妈心痛地坐立不安，恨不得从爸爸怀里夺过行行来哄，但还是咬咬牙忍住，因为妈妈8日就要出差去了，要去十来天，如果行行不提前适应，把奶彻底断掉，那等妈妈走了就更不好办了。

10月3日晚上还比较安稳，4日和5日晚不那么踏实，都醒得很早，5日凌晨五点多就醒了，爸爸哄呀哄，哄了一个小时的觉，行行依然哼哼唧唧。最后，爸爸火了，赌气把行行往床上一扔。今天早晨行行又醒得早，六点吧。妈妈真的是不放心。

行行好像知道妈妈要走了，今天特别黏妈妈。只要妈妈抱，就不肯放手了。后天，妈妈就要坐车去北京了，真舍不得离开行行呵，哪怕只是一天，而这一去，就是十天。

和妈妈的第一次分离（2004.10.19 周二）

妈妈在北京的前几天还不怎么牵挂行行，因为家里有外公、外婆、爸爸，还有小姨、春雪姐姐，都可以照顾行行，大约过了三四天吧，妈妈开始想行行了。每天晚上都会梦见行行。大约是14日晚上，妈妈梦见行行面黄肌瘦，简直都认不出来了，第二天打电话，爸爸说行行有点儿低烧，果真是母子心有灵犀啊！

从那晚之后，妈妈总梦到行行，而且梦中出现最多的情况是妈妈回来了，但行行不理妈妈了。甚至在火车上，黎明时分，妈妈迷迷糊糊地做了一个梦，梦见的也是行行和小姨玩儿，和其他人玩儿，就是不要妈妈。这证明妈妈潜意识里对这次离开行行这么久是焦虑的，自我谴责的。

回家之后，行行在睡觉，经过十一天的间隔，妈妈又一次用新奇的眼光打量着可爱的行行，白皙的脸蛋，红润润的嘴唇，还有那两道极像爸爸的浓眉……行行安静地沉醉在睡梦中，妈妈长长地舒了一口气。

一个多小时后，行行醒来了，似乎醒得不太彻底，妈妈进去叫他，他却不要妈妈，只是大哭，看妈妈两眼，又伤心得大哭，扑到外公的怀抱里。也许是怪妈妈丢下他去这么久，要把积攒在心里的委屈和说不出的想念以哭的方式表达出来。

据小姨和爸爸说，妈妈刚走的那几天，行行有时候闷闷不乐，他只是还不会表达（用人类的语言），其实他什么都知道。哭了一阵之后，穿上了衣服，到客厅里来，妈妈洗了手，行行才完全原谅了妈妈，扑向妈妈并且再也不要其他人了。真对不起啊，行行，妈妈离开这么久。

行行坐车时像诗人一样把手伸到窗外去感觉风……

十一假期的某一天，就妈妈和行行在家，妈妈陪他玩了一上午，很疲倦。中午，行行老不睡觉，还要和妈妈玩，妈妈有点儿不耐烦地把他从外边的大床上抱到里边的大床上，因为想了一些大人的事情，有两分钟没和行行说话，行行很敏感地觉察到妈妈情绪的变化，迷惑不解地抬头观察妈妈的眼睛，妈妈的表情。那眼神儿像大人一样懂事，似乎在问妈妈：你不喜欢我了吗？你为什么不和我说话？你有什么不开心的事吗？妈妈心里一颤，觉得很对不起行行，在和行行玩的过程中，还有什么不开心的事呢？世上的一切，都因为行行而变得可爱，变得有意义……

行行学走路，老爱弯下腰去捡地上的树叶儿，石子，甚至一根头发，一只蚂蚁，他也想捉起来仔细地研究研究。

行行拿了板栗，外公说："我给你咬壳儿。"行行就给外公咬，只给行行一丁点儿尝尝，他也很满足。妈妈拿了橘子和他玩，他拿起来就啃，妈妈说："吃橘子要剥皮儿。"他就把橘子送到妈妈嘴边，那意思是让妈妈像外公那样给他咬开。

如花的佩芷（2004、10、20　周三　晴）

行行今天早晨醒来，因为身边有妈妈，应该说妈妈又在身边了，简直乐得不知怎么才好。一个劲儿地想笑，笑着叫"爸"，又面向妈妈，笑着叫一声"妈"。

佩芷特别爱笑，也爱"咿呀"地说，也喜欢吵。一叫她或是让她看她喜欢的画儿，她就笑得像一朵花儿，真像，慢慢地绽开。

会叫"奶奶"了（2004、10、24　周日　晴）

行行今天开始会叫"奶奶"了。今天全家去市内新家送小姨和佩芷，行行不知道大人伤离别的感情，玩得十分开心，叫他叫"奶奶"，他就"奶奶——奶奶——"地叫，不是很清晰，但能听出来。就像初次叫"爸"、"妈"一样，受到了夸奖，他还很害涩的样子。

妈妈去火车站送小姨和佩芷妹妹。火车要开了，一直在睡觉的佩芷突然醒了，小姨把佩芷的脸对着窗外的大姨，佩芷滴溜着大大的眼睛注视着大姨，火车"咣——"的一下启动的那一刹那，佩芷还悠闲地打了个哈欠。多么叫人心疼的小宝贝！

做梦还在笑（2004.10.26 周二 晴）

行行真快乐啊。晚上在睡梦中还"咯咯"地笑个不停，妈妈也被他逗乐了，凑过去和他说话。他好像真的知道。妈妈说一句，他又像白天一样对妈妈的话笑个不停。

等着爸爸妈妈入睡（2004.10.28 周四 晴）

行行晚上睡觉非要爸爸哄。今晚爸妈都去上课了，他一直不睡。平常八点就睡着了，今晚一直到九点才睡。外公外婆说，其实行行八点就想睡，但爸爸妈妈都不在家，他睡不着。他就玩一会儿，在沙发上躺一会儿，然后又玩一会儿，又躺一会儿。他肯定在想爸爸妈妈为什么都不见了，他肯定是带着这个疑问睡着的。外公说他睡着了还在叫"妈妈"。

行行从外面玩了回来，见了妈妈就大声地叫，他叫妈妈时大多数听起来像是叫"爸——爸——"，只有特别强调时，他才清晰地大声叫"妈——妈——"。

皮亚杰和蒙台梭利都曾研究过儿童的有序本性。孩子会在头脑中建立自己的秩序感。秩序使他们产生安全感和快乐感。无疑，行行今晚的秩序感被打破了。这个家在他的心目中就是应该有爸爸、有妈妈，当爸爸和妈妈都不在时，他的情绪产生了波动。

小小探险家（2004.11.3 周三 晴）

行行简直成了一个小小的探险家了。他一刻也不停留地要去探索这个新奇的世界。妈妈很少陪他出去玩，不知道他在外面是如何行动的，在这个120多平方米的家里，几乎每一处都值得他探索：地板砖上的一道裂缝、一个瑕疵，墙上的开关、插座，包括墙面凹凸不平的地方，他都要摸一摸。

他已经明确知道了哪里是阳台，哪里是厨房。很喜欢在这两个地方玩儿，阳台上的煤炉子、煤球，他觉得很稀奇，想去摸一下又不敢。最喜欢去的是厨房，因为厨房的角落里堆满各种水果、蔬菜，还有米。他进去之后通常是用小脚踢一踢（教他踢球养成了这个习惯，看见什么都想踢一踢），然后才用手去抓，有时抓一个或两个苹果或是橙子，有时抓一片菜叶子，把它撕碎。

家里的卫生情况这段时间简直讲究不了，收拾得再干净，只要行行一回来，桌子上、地板上、床上全都变了样。

妈妈并不阻拦他，包括吃饭时他要筷子、汤匙，都给他。他拿到了筷子和汤匙并不满足，而是要像大人一样去盘子里夹菜或是舀东西，有时候居然也能舀到半勺，那专注的样子特别逗人喜爱。

妈妈不想干涉他，因为这每一个动作都是在摸索、在学习，但外公外婆，包括爸爸都认为妈妈宠坏了行行，让他养成了这么多的"坏"习惯。妈妈认为，行行懂事后是不会有这些所谓"坏"习惯的。

行行干什么都乐此不疲，玩盆子、提着水桶走来走去，踢球时到处追着球跑，还兴奋地大喊大叫，看着他活泼的样子，妈妈都觉得精神为之一振。

我知道水开了（2004.11.7 周日 晴）

外公外婆说，行行昨天下午在草坪上自己走了三四步。昨晚给行行找了一个网球出来玩，他简直乐得不知怎么办才好。起初他只知道追着网球爬，妈妈给他示范了可以使劲掷在地上让它弹起来，行行也照着掷，还像模像样的。

昨晚夜里四点多喂行行吃牛奶，爸爸硬要喂，行行生气了，"横"了，放开嗓子伤心地大哭，妈妈抱着也止不住，只好去客厅里听音乐，把外公外婆也吵起来了，最后哄着他吃了几口米粉。

他好喜欢把脸埋在他那个软绵绵的小被子里，也喜欢用嘴去咬，用嘴唇去蹭。令妈妈想起精神分析学家所说的婴儿离开母体之后最初是以口唇去寻找安全感，的确有一定道理，男女婴儿都有这个阶段。后来把行行放到床上，睡熟后，他还长长地舒了口气。喂米粉时，虽然妈妈把他逗笑了，但他的身体还在抽动，一颤一颤的，从心胸向外波动，让妈妈好心痛。

这次是真的让行行"伤心"了。从今晚开始，再也不塞东西给行行吃了。不知他昨晚是否吃得不舒服，夜里老是蹬被子、翻身。妈妈生怕行行饿着了，总是想他能多吃一些，但妈妈没有常识，常常惹得行行反抗。妈妈是应该好好反省一下。

今天早上，外婆边和行行逗着玩，一边等着水壶里的水开，结果竟然是行行首先发现水开了，他看着窗外正在冒气的水壶大声"噢——噢——"，外婆一看，啊哈，水开了。看着行行这么懂事、聪明的样子，外婆更加疼爱行行了。

行行的观察能力在不知不觉中培养出来了。

🧁 满一周岁啦（2004.11.10 周三 阴天）

今天是我们的宝贝行行一周岁生日！

可爱的小家伙，早晨甜睡到快八点才醒来，妈妈对他说："Happy birthday！"，他甜甜地笑了，似乎还有些不好意思。

感谢上天的佑护，感谢外公外婆的照顾，行行健健康康地度过了365个日和夜。从一个不足7斤、身长仅51cm的小"毛毛虫"长成了一个24斤（带衣服）、近80cm的小大人了；从一个一无所知的"天之子"成长为一个表情丰富、聪明可爱的幼儿了。

行行已经明白很多很多的事情，会做很多动作，会叫"爸"、"妈"，可以自己在草坪上走四五步。这段时间他学会的东西尤其多，动作譬如拍手欢迎、打拳、投球（他把投球理解为"头球"了，总是要把球放到头上碰一下，乒乓球也是如此，网球也是如此）、拍球、挥手再见、打电话、刷牙、挠痒痒、游泳、学青蛙跳跳。

他知道脸上的五官，问到耳朵时喜欢用手摸摸自己的左耳，再摸摸自己的右耳，问头发、脑袋，他都会十分正确地去摸摸头发、脑袋。

他也知道袖子、衣服、裤子、扣子、袜子、鞋子、帽子等等，逗妈妈乐的是他想自己穿袜子，他把袜子脱下来，然后十分专注、认真地把一只袜子放到一只脚的脚背上，意味着他在穿袜子了，他也很想自己穿鞋子，可是不得其法。

最感人的是他喂爷爷奶奶、爸爸妈妈吃东西。他吃饭时喜欢打岔玩玩意儿，我们就让他也喂我们吃一点儿什么，馒头啦，苹果啦，他很负责地喂一口又一口，一直把手里的东西喂完为止，被喂的对象，无论是爷爷奶奶，还是爸爸妈妈，感觉比吃了蜜还甜。

这几天，行行在尝试着自己用杯子喝水，用筷子、勺子吃菜。让他喝龙牡壮骨冲剂，每次冲到一个小碗里，也不用勺子，就让行行就着碗喝，喝一口外公夸他"真棒"，他高兴地笑笑，然后再喝，喝完为止，表现很好。

我们吃饭时，他也急着要上桌子，而且要自己拿筷子、勺子，不给他就急得大喊大叫，一旦到手就马上眉开眼笑，他只会用一只筷子到盘子里去挑菜，那些丝状的能挑到，譬如莴苣丝儿，只要用筷子挑到了，就如获至宝，急忙往嘴里送，有滋有味儿地吃起来。他还想用汤勺去舀汤，但因为太脏衣服没让他尽兴地尝试。

妈妈认为行行什么都知道，这是孩子的神秘之处。我在行行身上感觉到、看到这种神性的闪光。譬如，他知道什么是不好意思，他有一个很喜欢的绒布小兔子，他知道这是玩的不是吃的，但有时候牙痒忍不住，行行居然知道背着妈妈或者用不引起妈妈注意的方式去咬咬小兔子，妈妈一旦发现，问他："行行，你在干什么呀？"他马上把小兔子拿开，虽然没有红脸，但他那不同于平时的带点顽皮和愧疚的笑容证明，他觉得很害羞，知道做了不应该做的事情。行行这种笑最令人回味。

行行已经认识并记住了我们的家。在楼下，行行提着二单元路爷爷的桶要往一单元走，妈妈本来扶着他往二单元走的，但他到了一单元，不朝前走了，而要进来，路爷爷、奶奶、妈妈都逗他说行行在那边住，行行用他一贯表示否定的"eng"否定了我们三个大人的说法，并执意地要进一单元。宁愿把桶还给路爷爷，也要进一单元。真是聪明的宝贝！

行行现在看照片已经能把现实中的人与照片上的人联系在一起了，昨天在电脑上翻照片，问到妈妈，他就指照片里的妈妈，问到爸爸就指照片上的爸爸。当他看到有一张他和外公外婆的合影时，他就去拉外婆，让外婆站到他和外公身边（当时是外公抱着他看照片，他看到照片上有外婆，所以连忙去拉外婆）。

今天，妈妈陪行行玩了一天。上午出去时让他用手捏了泥巴，因为昨天下过雨，今天花坛中的泥土是湿的。他还没摸过土，今天第一次接触，很新鲜地抓起来，开始还不习惯泥土粘在手上，想摆一摆，后来就不在乎了。还抓了一个蜗牛在手里玩，胆子很大地把手指头伸到蜗牛的壳子里面去。还见识了小草上的露珠儿，在图书馆门前，妈妈把露珠儿滴到他的手上，他高兴地笑了。

下午到幼儿园荡秋千，玩球球，行行坐在幼儿园那个飞机造型的秋千上，两手很熟练地扶住绳子，乖乖地坐了三四分钟，不吵不闹，不喜不悲，若有所思，不知道在想什么。

天还下了几滴小雨，妈妈问行行感觉到雨没有，行行伸手摸头顶，因为他没戴帽子，雨落在头上。

行行前一段时间都不怎么好好吃饭，从昨天开始，吃饭的情况好了许多。

行行，愿你一直健康、聪明、善良、快乐！

"我认为，如果说世界上真有天生的神童的话，那么出生正常、健康的婴幼儿个个都是"神童"。每一个普通婴儿都能顺利完成的七大学习任务是：

1. 认人和交往

2. 直立行走和运动

3. 认物和记事

4. 用手操作

5. 喜爱音乐

6. 掌握语言

7. 识字阅读"

——中国著名早教专家　冯德全

二、牙牙学语（1～2岁）

🧁 进步多多（2004.11.18 周四 晴）

行行的模仿能力真是强。妈妈拿一个核桃在手里做出使劲捏的动作，他立马也拿过去照着捏。妈妈做洗脸的动作，他也快乐地用两只小手在脸上挠挠。爸爸在跑步机上跑步，他看见了，也站在地上做跑步的动作。他自己穿袜子、穿鞋子的动作充满童趣，拿去和脚比比齐，但又不知怎么放进去。他仍然是听到一个新词语就乐半天。妈妈那天对他说："Sorry，sorry"，他咯咯地笑了半天。

行行这几天走路很有进步。今天已能在草地上走十几步了，而且外公外婆说他不要人扶，把别人的手推开，走得很开心，而且走着走着还想跑。

行行喜欢上台阶，3号教学楼和图书馆门前的台阶，他每次路过时都想去走走。

行行现在能自己独立地玩好一阵子。昨天，妈妈和外婆把他抱到电影院（他自己要去的，顺着那个方向走），给了他两块小石头，他自己玩得很高兴，还想变换花样玩，两块石头碰一碰，向地上掷一掷，又在地上画一画。晚上，坐在他的玩具百宝箱前或是在床上，也能玩上好一阵子。

今天，行行上街打了预防针，照了相，还买了双小皮鞋。买鞋子时，妈妈问他喜不喜欢，他笑呵呵地拍拍脚上的新鞋子，看样子是很喜欢，但买回来之后发现鞋底硬了点。妈妈这才明白，应该去婴儿用品店买，而不是去儿童鞋店买。

🧁 喂养不当惹的祸（2004.11.19 周五）

行行今天已能在草地上独立走将近20步了。他把两只胳膊张开保持平衡，走得很稳当。如果他不急，还可以走，但他通常是走一阵子就想跑，就加快了速度。这几天行行学会了用一个手指头指东西，右手会了，左手还不会。

行行今天没睡午觉，也没吃多少饭，妈妈挺不放心的。

11.26日补记

果然，行行从19日晚上起就没有安稳地睡过一夜觉。

11月24日下了一场大雪。妈妈买了几条黄鱼回来，中午行行几乎吃了一条黄鱼，大约有二两重吧。下午睡觉起来就拉肚子，拉得多且只有水样大便。11月25日又有蛋黄样的大便，这几天也不好好地吃饭，弄得一家人都有些寝食难安。

孩子的喂养不可照着一些营养指标生搬硬套，蛋白质多少，碳水化合物多少等，而是应多向有经验的人请教，再结合自己孩子的实际，以五谷杂粮为主，荤素搭配，口味清淡，吃饱吃好即可。切不可大鱼大肉，婴幼儿的消化系统承载不了太多难以消化的肉类。

🧁 有问题的"强生婴儿润肤油"（2004.11.27 周六 阴冷）

气温真低，早晨天气预报只有0℃，感觉很冷。今晚开了空调给行行洗澡，很奇怪，行行就是不坐到澡盆里去。刚开始大约是水有点热了，不像平时一样乖乖地坐在水中，又蹬又踢，最终只是在澡盆里用毛巾淋着洗了几下。一放到床上，他又高兴了。不知何故，是气温太低（洗澡时14℃），还是因为水烫着他了？

行行的皮肤变得很粗糙。起初，爸爸还怪妈妈给行行抹了强生婴儿润肤油，好几次都没抹了，行行的皮肤还是那么粗糙。也不知是什么原因，是否缺少什么维生素？（后来证明，的确是强生婴儿润肤油有问题，妈妈从此不用强生的任何东西。）

行行的爷爷和姑姑从老家赶来为行行过阴历的周岁生日。

回想行行这一岁的历程，一直健康快乐地成长，唯一让妈妈和家里其他人操心的就是喂养。真是动了不少脑筋，着了不少急，操了不少心，而且现在依然如此。从最初的厌奶到后来的经常拒食牛奶，从便秘到加辅食的每一步（加果汁、加蛋黄、加稀粥、加青菜、加荤菜……）。现在仍然吃得不多，牛奶也吃得少，吃饭很伤脑筋。

现在想起那次讲座，那位黄老师说得真不错：中国独生子女的吃饭问题是一个大问题，谁能解决这个问题，谁就是一个了不起的人。此言不虚也！妈妈真是为此有些头痛了，每天花费很多的心思和时间去烹调，结果，有时行行是一口也不吃。乖宝宝，你什么时候才能乖乖地吃饭呢？

还有就是晚上的"闹夜"，也是困扰着爸爸妈妈的事情。带大一个孩子真是不容易！

也许，还是顺其自然比较好，不能太宠，不能太娇惯。

尽信书不如无书。孩子天生就有很强的免疫力，就有很好的皮肤，根本不需要特别的皮肤护理。这是妈妈犯下的又一个错误，不知从哪里看到冬天要用护肤油，就买了一瓶给行行用，结果是害得行行脱了一层皮，真是后悔不及。尤其在这样一个"问题产品"层出不穷的时代，养育孩子最好还是崇尚简单与自然之道。

🧁 开始生病（2004.11.28 周日 晴）

行行昨晚4:00腹泻一次，今天早晨7:50左右又拉了一次，是很严重的那种。妈妈担心、紧张得不知如何是好。早晨收拾好了之后，和爸爸带行行去中心医院检查。医院里的专家今天不上班，值班大夫很忙，而且有的孩子是秋季腹泻，比行行严重得多。医生见怪不怪，认为没什么，开了一盒"源首"有益菌。家里本来就有这药，看样子，指望医生的愿望多半落空。

回家后，只有给行行灌药，调节饮食。行行拒绝吃药，反抗起来简直没办法对付他，三个人摁住他，强行灌"司密达"，他又哭又踢又抓，脸涨得红红的，哭得伤心得很，妈妈狠下心灌他，药还没喝完，妈妈看着他那样子，眼泪都快掉出来了。灌药肯定会在他的心里留下一点儿小阴影，他不解何以所有的人都要对他那么凶，所以不喝药了还要伤心地哭上一阵子才平静下来。

今天上午8:00喝了一次"司密达"，晚上又喝了一次。从他起床后就没有再拉。早晨和中午都吃了一小碗稀粥，下午吃了半碗米粉，晚上煮的稀饭，行行一口没吃，吞一口吐一口。今天的精神大不如以前，出去玩既没有力气大喊大叫，也不想走路，只想趴在爸爸肩上，或是蹲在地上。宝贝，受苦了，都是因为爱惹的祸，如果妈妈不买那几条黄鱼，如果爸爸不喂那么多黄鱼，行行就不会受这个苦。以后还是随大流的比较好，不能以为贵的东西就好，就塞给行行吃，粗茶淡饭、五谷杂粮也许才是真正的好东西。这是这次我们应该接受的教训。

愿我们的宝贝快快康复，一觉醒来胃口大开，精神倍增。

🧁 吃药恐惧症（2004.11.29 周一 晴）

行行从昨天早晨7点多到今天下午4点钟都没拉粑粑，今天下午、晚上又连拉几次，仍然是稀的。而且行行不喝药，灌了药之后，他对勺子、碗、杯子都产生了恐惧心理，导致也不吃东西。昨晚一夜几乎什么都没吃，今天下午又只吃了一点馒头。很没有精神，只想哭。玩一会儿，就撅着嘴，是想玩又没劲儿的那种。

妈妈看在眼里，疼在心里，心都快碎了。妈妈想不出什么好办法来，不吃药不行，不吃饭也不行，可行行两样都厌。晚上又灌了一顿药，不知明天怎么样。

但愿明天行行会好起来，我的宝贝。

🧁 病情持续（2004.11.30 周二）

行行今天下午拉了一次，仍然是稀的。

精神仍然欠佳。

🧁 越来越严重（2004.12.1 周二 多云，晚上下雨）

今天出去检查，行行已经拉得脱水了，需要挂吊针。做皮试时行行哭得很厉害。昨晚做皮试之后，怕针，怕医生，也怕去诊室，一靠近就哭。打针比妈妈想象的要好一点，因为那些护士打针的手法还不错。扎上之后，他大哭了一场，平静下来倒还若无其事，还小睡了一会儿。但打第三瓶时，据说有钾刺激血管，行行就不配合了，本来在睡觉，换上第三瓶不久就醒了，而且哭。一使劲儿哭，血就往血管里冒，最后，额头上还肿了一个大包。护士说要拔了重打，我们干脆罢休，害怕再惹行行大哭。下午，行行的精神倒也还好。从打针前，胃口就恢复了，吃了一个面包，一袋小馒头（50g），坐车还比较高兴，回来也玩了好一阵子。

但晚上仍然不行。这个晚上是行行出生之后最难受的一个夜晚。几乎每个小时都在哭，根本放不到床上去，哭得喘不过气来，声音哑得快发不出音了。妈妈的神经几乎要崩溃，甚至做好了上医院看急诊的打算。但爸爸坚持哄，看碟，从晚上十点多到今晨六点多，爸爸没睡觉，一直抱着行行哄，看碟，抱着睡。

（今天去问了医生，才知道行行是肚子痛。真是后悔没早些送行行上医院。宝贝真是吃了大亏，哭、病、不吃，又加上灌药打针的精神压力，这段时间行行受苦了，瘦了，也变黄了。妈妈要抛下其他的一切，好好陪行行玩，给行行做吃的，直到行行能独立地走。）

🧁 痛苦的打针（2004.12.2 周四 多云）

今天又去请给行行看腹泻的那位退休专家看。重新开了药，又是痛苦的打针。打完针后，行行哭得怎么也哄不住，撕心裂肺，惊天动地，没办法，只得提着吊瓶到门口来。

恰巧，门口有卖烤红薯的，就买烤红薯给行行吃。哭倒是止住了，行行很爱吃。谁知又埋下隐患。行行吃了半天烤红薯、大半个面包之后拉了粑粑，还是前天下午拉过的。打第二瓶时，行行又哭，只得又下楼，又买烤红薯、这次没吃多少。终于熬到药打完了，护士拔针时，行行又是一顿大哭。宝贝，真是对不起，妈妈没照顾好你，让你吃了这么多苦。

出了医院之后，一切恢复正常。我们去吃饭，给行行买鞋子。下午回来后一直玩得挺好。回家后，又吃了两个小面包、大半包小馒头。晚饭吃了几片炒黄瓜，明天要给行行做菜做饭，行行很想吃菜。昨晚，自己趴到餐桌上用嘴直接到盘子里"叉"菜吃。

行行打针时拉的粑粑本来就正常了，基本上是干的，但回家后又接连拉了四五次糊状粑粑，显然是吃烤红薯所致。妈妈没办法，只得又灌他喝了两顿药：斯密达和医生今天开的小儿樟橙合剂。

晚上，行行比较开心，在墙上画画儿，拿着扫帚扫地，帮外婆择豆芽，八点多就想睡觉了，没看碟也没吵闹，躺在爸爸肩膀上入睡了。

昨晚一夜未睡，行行也累了，这两天又经常大哭，十分消耗体力和精神。妈妈真不知道该给行行做什么东西吃，鸡蛋、肉之类，现在都还要十分慎重，水果也是如此。稀饭、米饭他一粒不沾，喂进去之后他就吐出来，米粉也不吃，只吃菜、面包、小馒头之类的。

妈妈这段时间少操别的心，专心研究行行的膳食。等行行的胃口、肠胃消化都好起来了再想其他，要把这段时间损失的都补回来。

健康藏到哪儿去了？（2004.12.3　周五　多云　小雨）

行行昨晚睡得比较好。四点多就饿了，起来吃了一个小面包，其余时间都睡得比较安稳。

行行今天一共拉了五次。

今天灌行行喝了三顿小儿樟橙合剂。

仍然只吃面包，不吃米饭。哪怕只是一点米或玉米粉，都吐出来。煮了两次苹果吃，还加一点土豆。

最痛苦的煎熬（2004.12.4～2004.12.10　整整一周）

行行住院了。让外公、外婆、爸爸、妈妈最心焦的一周。

12月4日，早晨7点多起床后，行行开始拉水样大便，连着拉了三次，爸爸收拾了一些大便送到中心医院化验。

8点多，行行开始发烧，当时我们都未注意，只觉得他精神倦怠，眼睛睁不开，似乎是想睡觉，迷迷糊糊。

9点多，外公和妈妈抱行行上医院，一查体温，竟然有38.7℃，令我们大吃一惊。门诊医生开了点退烧药，让我们带行行住院。

11点左右，住院了。下午开始挂吊瓶。

最令爸爸妈妈担心的是晚上行行的体温又升起来了，最高有39.1℃。医生来打了退烧针，夜间又挂起了吊瓶。直到12月6日，体温才完全降下来。

12月4日～12月8日，整整5天，行行每天都拉很多次，最严重的是，7号一共拉了十四五次。行行一天比一天消瘦。7号开始有了胃口，吃一种医院推荐的奶粉，一顿要吃400ml，吃得多，拉得也厉害，针也难以打进去。因为脱水严重，没有营养补给，一打就漏针，7号打了5针，8号打了4针，行行虚弱得已经没有力气去哭喊挣扎了，哑着嗓子直喊，也没有泪水，是万分的恐惧与不安，只要一接近注射室，一看见大白褂，就开始哭（他害怕了哭的时候叫"爸爸"，饿了的时候叫"妈妈"）。我们心都碎了。8号最后一次打针，在场的爸爸、外公、外婆、妈妈都流出了泪水才罢休。8号下午我们偷偷出去看了中医，晚上开始吃中药。从9号开始有了好转，拉的次数也少了。而且医生介绍的鸡内金炒面粉行行很喜欢吃，但精神很差。

10号完全好转了。早晨的大便开始有了一点成型的倾向。吃得很多，精神也好起来了。下午打完了针，终于出院了。

11号才回到学校家里，仍然是饿得很快，吵着要吃。在吃的过程中哪怕只是问"吃饱了吗"之类的话，行行都委屈得缓不过气来。他真的饿怕了。不过，的确是一天天在好转。

父母的愚昧常常是孩子生病的起因。喂养不当会导致消化系统的疾病；穿衣不当会导致呼吸系统的疾病；教育不当则导致性格、精神、人格各方面的病症。而目前家长易犯的错误是给孩子吃得太多、太精，穿得太厚、太热。小孩一般也就是这两方面得不到很好的照顾而容易生病。以爱的名义让孩子受罪、吃苦，是最可怕的事情。

🧁 终于恢复健康（2004.12.11～2004.12.18）

行行恢复健康的一周。

这一周，行行虽然胃口好了，但不知怎么回事，一直低烧了好几天，一般都在37.2～37.5℃，有一天最高温37.8℃，而且出院回来的第二天，在阳台上给行行洗了一个澡，有一点感冒的迹象，所以又吃了好几天感冒消炎药，护彤、阿莫西林颗粒、宝泰康等。

一个星期过去了，行行完全恢复了。从18日下午开始，精神回到了生病之前的那种生龙活虎的状态，在家里快乐地玩各种玩具，大喊大叫，笑得也十分开心。

我们终于可以松一口气了。谢天谢地！

🧁 有健康，就有快乐（2004.12.18～2004.12.25 下雪，寒冷）

行行出院后的这两周妈妈很忙，赶着上课，讲座，家里又有一些事情，日记只能变成周记了。

这一周以来，行行回到了以前的那种健康、快乐的状态。饭量较以前大，特别是喝牛奶有了很大长进，正常情况下，一顿（每4小时）要喝210ml，有时还要再加上90ml；小脸蛋又渐渐圆起来，也有了红润的健康肤色（在医院的那一周，妈妈看着行行又瘦又苍白的小脸，心都碎了。妈妈那段时间也以一天减一斤的速度迅速瘦身）；精神也特别好；玩的花样更多了，把盆子放到客厅的垃圾桶上，推着高凳子、矮凳子满屋跑，要拖地、扫地，玩纸片，玩罢了都要丢到垃圾桶里。行行像个小小的大力士，他把自己的澡盆端起来，提一盒子罐装牛奶，最好笑的是，妈妈的一纸箱书，他居然想连箱子一起搬起来。

对了，行行还喜欢站在妈妈书柜前面翻书，喜欢画画儿，拿着画笔到处涂抹。还有，行行表现出踢球的天赋，小足球放在脚上踢，他有很到位的发球动作与踢球的动作，爸爸没教过他，真是无师自通啊！

语言表达能力也有了很大提高。高兴时会自己哼歌儿，会发一些音，有时是在大人的引导下，有时是自发的，会发出da、pa、bang、pangnai等音，叫外婆时他总是叫"nai,nai"，好像他发音都是去声，不知是什么原因，也许去声最好发。

小牙牙又萌出了上面的两颗。

总而言之，行行变乖了，一天天在长大懂事。也不像一岁以前那么"没风度"了，有什么想做而又不让他做的事他感到委屈，也不是咧着嘴就哭了，而是采取了一种大孩子的方式——向地上一蹲，以示抗议。

有一次，他刚吃晚饭，爸爸买馒头回来了，从他身边经过，我们都说他刚吃过，不给他吃了，但行行想吃一点，他听懂了我们的话，爸爸提着馒头走过去了之后，行行低着头。大约一分钟之后，妈妈才发现他是在低低地哽咽，终于没有忍住而爆发为大哭，于是给了他一点。其实，行行很有节制，尝尝也就满足了。

行行还会做虫虫飞，做伸展运动，跑步，再加上踢球，画画儿，择菜，啃胡萝卜，一天的生活还是挺丰富多彩的。唯一不好的是现在天气太冷，不能进行户外活动，已经下了近一周的雪了，室外温度昨天（12月24日）居然达到-3～6℃，室内也很冷。幸好行行爱动，不觉得怎么冷。

家庭中到处都是孩子学习的课堂。行行对扫地感兴趣，我们就买来新扫帚让他尽情地扫；行行喜欢玩菜，我们就把所有的蔬菜都摆出来让他玩、让他摸，并告诉他每一种菜的名字。幸好，行行小时候就把所有常见的蔬菜都认清了，因为再大一些，他就对这些不太感兴趣了。

妈妈的担心（2004、12、31　周五　雨后初晴）

从昨天开始，行行有点咳嗽。

妈妈的祈求（2005、1、1　周六　晴）

行行今天还是有点咳嗽。

行行的健康是爸爸妈妈是否能够安心工作的决定条件。

在新的一年里，祈求上天赐给行行健康，智慧和善良。

饭桌上的忙碌（2005、1、4　周二　多云）

行行做踢腿运动，是他自己从书上学会的。行行笑呵呵地站在门口，外公向我们宣布了这一新消息后，行行踢左腿，然后踢右腿，我们都夸他，他也很有成就感的样子。

行行喜欢在我们吃饭时也上桌子，有时候他并不饿，也不吃。他最感兴趣的是拿着筷子使劲地在菜盘子里捕捉，只要筷子挂住了菜叶子或是藕这类有孔的菜，他就开始给我们这四个大人派菜。

行行非常懂得公平的原则，他总是很有主张地按顺序派，绝不疏漏一个人，一圈儿轮完之后又来下一轮，他专心而又匆忙地干着这项工作。有时是妈妈抱着他，他匆匆忙忙地把筷子扭过来向妈妈嘴边放一放，又赶着去派另一份。

孩子最初的自信需要得到父母的鼓励与呼应。

小小的细节体现出孩子有自己的秩序感。

🧁 一个字一个字地说（2005、1、17 周一 晴）

妈妈好久没给行行记日记了，因为行行2005年病了之后，妈妈先是忙了一阵子，接下来的这么长时间，妈妈的身体也不好，也快一个月了。现在，冬天即将过完，妈妈的身体也感觉好了一些。最欢喜的是行行很健康，每天快乐地玩，吃得香，睡得也香，说话、走路各方面能力都有很大提高。

很长一段时间之前，行行就知道自己的名字。最令妈妈回味的是，问他："你叫什么名字啊？"他就会奶声奶气地说："xing xing啊。"特别好听！我们遇见什么就教他说什么，有的他现在还不会，比如"苹果"、"香蕉"他就说不上来；有的一教他就会发那个音，比如，我们说"小白象"，他就跟着说"象"，我们说"花生"，他也说"生"。每当他觉得自己说对了的时候，他也很开心。

这几天，行行学会了边藏猫猫边说"猫儿"，更接近于"拜儿"，特别喜欢和外公逗，缠着外公和他玩这个游戏。他学会了边敲门边叫"奶"，先是轻轻地叫，再大声地叫，若是不开，就不干了，扭过头瞅向妈妈，让妈妈抱他进去。

行行的联想能力很强，看书或平时说话时说到某一个他熟悉的东西，他就要去找。书上有气球，他要马上找他的气球来比一比，书上的皮球、兔子等，凡是他记得的，他都要找。

行行还是分不清具体的和抽象的东西，也许与我们的误导有关。他喜爱抓书上的东西喂我们吃，抓得紧紧的，生怕一松手那些苹果、香蕉就会掉下来似的。

语言是思维的工具。孩子在有意识地使用语言，也就标志着他在进行与之有关的思维活动。所有的早教专家无不重视语言在婴幼儿的成长过程中的作用。语言教育早在孩子开口之前就应该进行。当孩子开始说单字时，更要多教，多说，多重复。

🧁 给鱼找鳞（o）（2005.1.20 周四 多云）

行行今天早晨起床后会叫"妹妹"了。这一段时间来，行行的语言能力发展很快，从一个一个的单字到词语，实际上，他已经在说句子了。今天，他说出五六个词语连在一起的句子，听起来像"菩提菩提不听话"，我们惊喜，他也愉快地笑。他叫"爷爷""奶奶"叫得很甜。但主要是在学双音节词，如他喜欢的白菜帮子，他说"巴棒"；白狗狗，他说"贝贝"；鱼他说成"鱼鱼"。对了，他还称苹果为Apple，发音非常清楚。行行带给我们的是无限惊喜。

行行的联想能力也令我们惊喜。许多我们成人未曾想到的，他都会联想到一起。今天爸爸买了鱼回来。外公洗了晾在阳台上，他兴奋地看着还在滴水的鱼，说"鱼鱼"。特别可笑的是，鱼还在盆子放着的时候，他在盆子里假装抓了一把，然后把握着的小手伸到外公面前，让外公吃鱼。

过了一会儿，我们看见墙上行行画了一半的一条鱼（妈妈握着他的手画的），妈妈顺口说这条鱼怎么没长鳞呀，行行听了，拉着妈妈就往他的拼图走去。猜他干什么去了？原来他去找"鳞"。他指着拼图上大大的"0"，跟妈妈说"零"。行行以为此"零"就是那鱼"鳞"也，妈妈大笑。

外公和行行玩牌时告诉行行"这是'梅花'"，行行马上指着沙发上的图案说："梅、梅"，仔细一看，真是像啊！此前，我们谁也没这么想过。我的乖宝宝，你真是逗人爱！

从一无所有到夯实未来的生活基础，孩子必须做出巨大的努力。如何在生动的具体世界和这个用语言建立起来的抽象世界之间建立基本的联系，孩子们原来就是这样一点一点积累起来的。对于每个孩子来说，这也是一个"创世界"的伟大工程，父母们怎么能不对此倾心引导并呵护呢？

🧁 看"怡红公子庆寿"的有趣联想（2005.1.25 周二 雪）

行行有着非常优异的记忆力。妈妈买回来的新书，他翻三遍，基本上就熟悉了书里的内容，而这新书对他已不再有吸引力了。只要是看过一两次的东西，再看见时他几乎能说出他们的名字。挂在墙上的儿童学算术图画，他几乎认遍了其中的图案，能说出一半以上的名称，但是仍停留于单字阶段。草莓，他称之为"莓莓"，"萝卜"称为"卜"，苹果称为"apple"或"poupou"，气球他只会说一个"气"字，乒乓球称为"乓乓"……

他的模仿能力、联想能力也非同一般。今天中午，他睡午觉醒来，电视里正在放《红楼梦》，是"怡红公子庆寿"那一集。引发了他许多丰富的联想：看到史湘云醉卧花丛的那锦簇花团，他指着他的一块尿布让我们看。原来，这尿布是30多年前奶奶结婚时用的，上面有大团大团的花，他乐滋滋地欣赏啊。

一会儿又出现喝酒的场面，行行又去拿沙发上的那个杯托，意思是他也有酒杯。最好笑的是席间有谁唱戏，咿咿呀呀的，行行马上也唱起来，咿咿呀呀的，一边唱一边还笑呵呵的，把我们乐得呀！

一下午，只要让他唱他就唱上几句。更有意思的是，外公一开口就唱"大河向东流"，让行行打拍子，唱了几天，今天又唱让行行打拍子，行行直摆手，也不打拍子了，意思是听够了，外公别唱了。他很会摆手，这个动作没人教他，他无师自通，还运用得恰到好处，每当要拒绝的时候就摆摆手，因为他不会说"不"，他试着说"不"，却说成了"扑"。

这些细微之处的联想，成人也许就是对其一笑了之，对于孩子来说却是创造他的未来世界的基础。这个阶段的父母应该对孩子的联想更敏感一些，并有意识地启发、培养他们的联想能力。

🧁 画画、数数、说话（2005.2.7 周一 冷）

行行画画

行行自己用画笔在纸上飞快地画类似于圆圈儿的图画，画一个，他说是"蛋"，再画一个，他说是"pou"，也就是"apple"，又画一个，他说"气"，即气球。忽然，他的笔不知怎样在纸上一挥，连忙说"亮、亮"，妈妈仔细一看，还真像月亮呢！这表明他的头脑里已经非常清晰地有这些概念了。

行行数数

我们无意中教行行数数，用手指一指，然后说"一、二、三"，没想到行行很快学会了数数，并且非常感兴趣。他知道自己不会数，就拉着妈妈或外公的手让我们数给他看。他听着，数完了他会很开心地笑。最早是数家里的凳子，然后他自己想起来要把家里的水果摆开来数。现在到新房子里来了，他要我们数吊灯的花瓣给他听，数柱子上的球给他看。什么都想数一数：糖果、小凳……行行现在已经可以边指边说"一"了，"二"也会说，但说得不多。

行行说话

行行每天在说话方面都有新的进步，现在他饿了或是在饭桌上想吃什么，都可以表达了。今天凌晨六点起来尿尿，指着床头柜说"吃"。他还迷糊着，大概是以为奶瓶放在那儿。妈妈问："行行饿了？"他说："饿。"然后，爸爸给他冲了210ml牛奶，他一口气吃下去了，果然是饿了。

他这几天爱上了吃萝卜，在餐桌上，老指着火锅里的萝卜说"卜，卜"，然后喂他"卜"的时候，他很开心，可能因为这是他点的菜。

孩子们每天、每时、每刻都在创造，他们能意识到自己在创造，所以他们时刻都是快乐的。这也证明了快乐的源泉在于创造，无论是成人还是孩子。可是，成人大多都丧失了这种热情。

🧁 拜年、组词（2005.2.9 周三 正月初一）

行行拜年

行行可有意思了。腊月二十七到新房子来的时候，妈妈给他拼了一块泡沫拼图，行行很高兴，妈妈一边铺，他一边在上面做"拜"的动作，跪在拼图上，两只胳膊向前一扑，头一低。外公就在一边打趣："行行会给外公磕头了啊。"行行就记住了这个动作。这几天一直都做这个动作，还叫"爷爷"、"奶奶"，然后再拜。

今天是2005年大年初一，早晨，外公、外婆起得早一些。行行到客厅的时候，外公外婆都在沙发上坐着。爸爸、妈妈对行行说："给爷爷奶奶拜年"。行行听了，连蹦带跳地到拼图上，去了蹲下便拜，先叫"爷爷"，就那样五体投地地给外公磕头，外公说："我要给小孙子压岁钱。"

有意思的是，行行接过外公给的压岁钱，竟然很快地说了句"谢谢"。没有任何人给他任何提示。妈妈听了都愣住了呢！没想到行行反应这么快。

然后，行行又给外婆磕头，外婆也给行行压岁钱。行行没谢，接过钱摊在拼图上说："钱，钱"。他以前没见过钱。听外公外婆说这是压岁钱，他便告诉我们这是钱。行行明天才一岁三个月。他的这些言行举止真是让妈妈兴奋不已。

行行组词

行行现在会把一些词语组合在一起了，他早些时候已经学会了说"不"，大约是听我们说"不吃"、"不喝"、"不动"之类的，便认为任何词前面都可加上"不"。他说"头"，过一会儿他又说"不头"。几乎，他每说一个词儿，都要在前面加上"不"试一试。他说灯，也说"不灯"；说"兔"，也说"不兔"。当然，也说"不上""不怕"这样规范的组合。

他已经知道"怕"、"烫"等词的意思。有时，喂他吃东西温度高一点，他就说"烫"。刚搬到新房子时，床上罩着床罩，行行不敢进来，一走到门口就说"怕"，然后转身往回走。

🧁 可爱的小鹿别跑开（2005.2.10 周四 正月初二）

行行特别爱看《亿童婴幼教室》碟片中的一个小鹿吃草的场面。那首歌叫《牧场上的家》。一只非常可爱的梅花鹿在牧场上吃草，大约只有一分钟的时间，间隔出现四次。

小鹿一出现，行行就开心地指着它说："鹿、鹿。"镜头闪过去了，行行简直难过地要哭。妈妈告诉他：小鹿吃饱了，先休息一会儿。行行这才拍拍肚皮（他一听说"饱"，就要拍拍小肚皮），接着看下面的节目。

"你们的创作力，比大人真是强盛得多哩：瞻瞻！你的身体不及椅子的一半，却常常要搬动它，与它一同翻倒在地上；你又要把一杯茶横转来藏在抽斗里，要皮球停在壁上，要拉住火车的尾巴，要月亮出来，要天停止下雨。在这等小小的事件中，明明表示着你们的弱小的体力与智力不足以应付强盛的创作欲、表现欲的驱使，因而遭逢失败。然而你们是不受大自然的支配，不受人类社会的束缚的创造者，所以你的遭逢失败，例如火车尾巴拉不住，月亮呼不出来的时候，你们绝不承认是事实的不可能，总以为是爹爹妈妈不肯帮你们办到，同不许你们弄自鸣钟同例，所以愤愤地哭了，你们的世界何等广大！"

——丰子恺《给我的孩子们》

🧁 盘旋的纸飞机（2005.2.11 周五 正月初三）

昨天晚上，爸爸给行行做了一个纸飞机。爸爸说："嘿，这飞机不会盘旋"。行行听到"盘旋"两个字，笑弯了腰。因为这个词语他又是第一次听到。他现在仍然保持着这种好奇，一听到新词儿就觉得特别乐。

昨晚和外公、爸爸玩了好一会儿纸飞机。今天晚上，行行自己想起来玩纸飞机。他一个劲儿地念"盘、盘"，起初妈妈还未听懂，外公明白了。他这又是要

"盘旋"呢。行行等不及让爸爸做飞机了，自己从白纸上撕下来一块三角形的纸片，也试着让它盘旋。他对自己制造的这个简单的纸飞机很满意，宁愿玩这个飞机，也不玩爸爸叠的飞机了。

外婆感冒了。行行起初听到"感冒"这个词也乐不可支。他只会说一个字"冒"，他说："奶奶，冒。"吃饭时，我们说奶奶感冒了，让他不要给奶奶夹菜。他记住了。这之后几次吃饭，他都说："奶奶，冒。"问他谁冒？他就说："奶奶。"

　　自己创造的玩具哪怕看起来很粗糙，在孩子的心目中也胜过买来的精致的玩具，因为这是他创造意志的体现。父母在给孩子大方地购买玩具之余，不妨尝试一起动手做玩具的乐趣。

🧁 串门去（2005.2.12 周六 正月初四）

行行今天和爸爸妈妈一起去"走人家"，去的是附近的李爷爷家。去了之后，他首先感兴趣的是他们家的吊灯。指着花瓣说"一"，让妈妈数给他听。然后对张爷爷家里的花盆、电子钟的按钮、窗帘都一一参观，还跑到阳台、厕所去看看。

起初不叫"爷爷"，张爷爷给他找了贝壳和几个小玩意儿，临走时，我们让他叫"爷爷"，他居然还喊了几声。这是他第一次叫自己爷爷以外的爷爷。

行行今天有点感冒，流清鼻涕，鼻子都红了。

🧁 神秘的手机、按钮（2005.2.1 周日 正月初五）

行行每次拿起手机，就放到耳朵边喊"妹妹"，因为爸爸教过他这样就可以给妹妹打电话了。

行行喜欢按各种按钮：取暖器的开关、电视电脑的开关……他拿起小台灯，居然要给插头找插孔。

大大灯与小小灯（2005.2.17 周四 正月初九）

行行从昨天开始学会了说"一、二、三、四、五、六、七、八、九"。虽然说得不很准确。譬如，他说"二"说成"e"，让人想起史湘云叫的"二哥哥"，但他知道它们的含义。爸爸提示他，一过了是几？他就说"e"，又问，"e"过了是几？他又说"三"。

今天，妈妈和他一起看图画，妈妈数了"一"，故意不提示他，只把手指向后移，指到两个草莓时，他就说"二"，指到"三"时，妈妈问："这个呢？"他又说"三"。行行对数字特别感兴趣，看到什么都要数。而且能区分"大"和"小"，"多"和"少"，喜欢说"大——大"，"多——多"，"小——小"。客厅里的吊灯开外面一圈时，他就说"大——大灯"，开里面一个时，他就说"小——小灯"。

他通过各种书认识了那么多的事物：鸟（他说鸟——鸟）、芦苇、棉花，甚至红枫、龟背竹之类的事物。外公教他几遍之后，他都能记住。能在现实生活中找到实物的，我们就给他找来，譬如黄瓜、芹菜、菠菜、芒果、核桃等。他看了之后连声说："像，像。"看来，还应该给行行买更多的好书。

独立行走（2005.2.28 周一 晴，正月二十）

终于出现了难得的好太阳。

行行现在基本上已经可以独立行走了。其实，很早他就可以行走了，但是妈妈不放心，总是用一条围巾系在他的腰间，在后面牵着。妈妈这种过分的爱，对行行的成长究竟是有益还是有害？行行下边的两颗牙也不整齐，不知道是不是与我们每次给他吃很软的东西有关。管得太多有时对行行来说还是一种负担，应该让他自由一些。

前段时间，爸爸回老家了，行行和妈妈在一起的时间多一些，变得爱撒娇了，见了妈妈就两手一摊，娇声娇气地说："抱抱，抱抱。"这一点也是妈妈的不好。

行行现在说话大有进步，说两个字的词，说得很清楚。譬如：不行，没有，好好等。

行行分得清"红"和"绿"两种颜色了。

🧁 说一不二（2005、3、4 周三 晴，大风）

行行会自己从1数到3，从6数到9了，3和4，4和5之间，他有点儿连不上。

行行对什么事都有两种态度：行与不行。非常有主见，说一不二。前天夜里，行行睡得迷迷糊糊，一边掀被子，一边说："起，起；奶，奶。"意思是要起来吃奶，妈妈连忙冲奶，他吃了又睡着了。这几天问他有没有尿尿，他也说得很清楚。他说有时就是有，说没有就是没有。你说弄什么东西吃，一定要他说了"行"之后才能弄，否则即使弄了他也一口都不吃。

行行点歌

行行喜欢听儿歌《卖汤圆》。他一听这首歌，就来按妈妈的嘴，还说"打汤"，或者说"卖、卖"。他把妈妈的嘴当成录音机的按钮。晚上，通常问他："唱歌听，好吗？"他说"行"就行，他说"不行"，唱了他就哭。然后就问是否讲故事，他说"行"。一边听一边就睡着了。会说话了真是比以前好多了。

孩子学习数字可以是一个自然而然的过程，譬如从反复听父母数东西（如手指或楼梯）开始，或者听相关的儿歌。不要强求幼儿早早对算术就有理解，日常的谈话中就有许多关于数字、算术的概念，只需要父母稍稍强化一下，他们就轻松地掌握了数的概念。

🧁 说英语、认字（2005.3.10 周四 晴）

行行说英语

行行刚开始认苹果的时候就称苹果为poupou，即apple，大约是apple的音比苹果好发。

前几天，他又学会了说banana，他说的是"不儿那"。我们说香蕉，他马上说banana。从他会说banana起，他就爱上了吃香蕉。这几天每天都要吃一根香蕉。

每天早晨起来，我们就教行行说Good morning，行行学会了说morning，说得很清楚。见到了外公，妈妈就提醒他说"早上好"。他就笑眯眯地说morning，然后又对外婆说morning。

行行有时候和妈妈一起睡觉，妈妈醒得比他迟。他醒了见妈妈还睡着，就过来指着妈妈说"晕"，意思是妈妈晕了，躺下了。他有时走路时也故意往地上一歪，然后说"晕"。行行有时候会轻轻地摔一下跤，他爬起来后连忙说："不痛，不痛。"没有人问他，他也说。真是好笑。

行行那天看《英文小天才》听到"面条面条，noodle"时就哈哈大笑。妈妈就教他说noodle，他现在已经会称面条为noodle了。

行行认字

行行会认0～9的数字。10后面的这个0他也认识，指着我们对面的门牌号说"0，0"。外公睡的竹床上有"兄弟竹业"几个字。外公天天教他，他现在也认识"兄弟竹业"了，除了第三个字"竹"有些不熟悉，其他三个都认得很准确。

今天又教了"王"字。妈妈顺手写了"王"让他看。过了一会儿，爷爷在写字板上写下"王"让他认，他说是"ang"。不知道他是否真的认识了"王"，还是巧合？行行很善于学习。

最感人的一幕是行行被外公抱在怀里，外公大声昂昂地说"一"，行行也跟着念"一"。爷爷念"二"……一直到十，行行都很专心地跟着外公念。行行学会了这么多知识，要感谢外公的善教。

行行的小气

行行在家里很大方，什么都舍得分给我们吃，但出了门却变得很小气。他的食物、玩具都不能给别人。

前天，他拿出一串塑料葡萄出去玩，遇到了比他小的笑笑。妈妈说："把玩具给妹妹玩，好不好？"行行说："不行。"笑笑自己伸手来拿，行行不知怎么办才好，就哭，是很伤心地哭。没有人和他争过食物、东西，一出门遇到有弟弟妹妹和他"抢"，他就撇着嘴哭。他也不准爸爸、妈妈、外公、外婆抱别的宝宝，一抱他也撇着嘴哭。这大约是独生子女的通病吧。长大了应该好一点吧。

还有就是，行行出门不善于，也不喜欢和别的宝宝在一起玩。他顶多只叫一声"妹妹"或者"哥哥"、"弟弟"，然后就玩自己的。

天黑不去别人家（2005.3.13 周四 晴，风）

行行晚上不喜欢到别人家里去玩。今天，我们带他到红果哥哥家里去，丁阿姨和哥哥可喜欢行行了，一家人都围着行行转，可行行感觉不自在，老是要去开门，意思是出门、回家。

后来，爸爸和他一起玩盘子里的水果，数数，又开吊灯、台灯，他才勉强玩了一会儿。

醉翁之意不在酒（2005.3.14 周一 晴，有风）

行行很喜欢比较。今天吃苹果，他刚一拿起苹果，就往我们的卧室里跑，一边跑一边说："一样，一样。"原来他是来看墙上的那个画儿，ch配的画面是"苹果好吃，ch、ch、ch"，一个小孩儿在吃苹果，他的意思是说，他和那个宝宝一样在吃苹果。

行行会耍心眼了，我常常笑他是醉翁之意不在酒。比如他想到电话机旁边的盒子里找糖糖吃（钙片、健胃消食片之类），他会说"阳、阳"，意思是去看电话机左边的那盆太阳花。待我们"帮"他接近了那个地方之后，他先欣赏一会儿太阳花，短短的十秒钟吧，然后就去掀那个装有糖糖的盒子。每次都是这样，最初他还没有这么大胆，只敢小声地念：糖糖。要了几次也没有遭到大人的反对，他就敢自己去拿了，看来，小孩儿的脾气的确好惯。

还有，比如，他想吃什么东西，他先不说自己要吃，而是先拿了给外公吃、外婆吃，特别是那些他一次也没吃过的陌生的东西，待看到外公外婆吃了，他就往自己嘴里喂。以前他只是偶尔偷偷地背着大人吃一点什么，比如说没洗的胡萝卜等，只给他玩而不是吃的东西。而现在很多东西他都要偷偷地尝一尝了，花生米、西瓜子、葵花籽……都想尝一尝。

那天，妈妈看着他拿了一粒西瓜子，妈妈说："行行不能吃哦。"他攥在手里假装是在玩儿，然后举起手从耳朵、脸上轻轻地滑下来，滑到嘴角，往嘴里喂，妈妈发现后把西瓜子掏走了，行行还狡猾地笑了，好像知道妈妈识破了他的诡计那样狡黠又有点不好意思地笑。

过年那一阵子，行行做梦都在说："大大灯"，对灯笼、气球特感兴趣。现在学数数，做梦都在说：3，0。他把3发成了sang。他不喜欢晚上被爸爸老把尿，有时翻身，我们拍拍他，他在睡梦中连忙说："没有，没有。"意思是，没有尿尿了，别烦我。会说话了真是好啊！现在他完全能说清有没有尿尿，吃不吃饭，喝不喝水，意思表达特准确，而且说一不二。

🧁 会说双音词（2005.3.20　周日　多云转雨）

行行逐个儿能说双音词了，比如以前说草莓只会说"莓莓"，今天能清楚地说"草莓"了。还有一些是一听就会，今天看见奶奶切瘦肉，我们说"瘦肉"，他在一边也清楚地说"瘦肉"。

行行这段时间很喜欢听儿歌。一拿起书，他就指着书上的字迫不及待地说："读，读。"有一些他在头脑中实际上已经记得了，但是不能全部表达出来。

比如，每天洗脸洗手时，妈妈就说："讲卫生，爱干净，身体好，不生病。"现在我们一说什么"干净"，他就说"病"，看我们不明白，他又补充："不生"，连起来就是"不生病"。

还比如"8像葫芦藤上吊"，"3像耳朵听声音"。一看到"3"，他就说"音"，而且还摸摸耳朵。

妈妈真是应该专门研究一下怎样开发行行的智力，但是这阵子外公回去了，爸爸妈妈又忙，外婆恐怕只有时间"哄"他玩会儿了。爸爸妈妈争取多挤出时间来陪行行。

孩子一旦发现书上还有另一个神奇的世界，就会对阅读产生浓厚的兴趣。

🧁 月上柳梢头（2005.3.28 周一 晴）

行行轻轻地摔了跤，他总是一边爬起来一边连忙说："不痛，不痛。"那样子真是可爱。

行行说话每天都有进步。今天居然顺利地说了许多英语，"How are you""Hello""Apple"。以前说苹果只会说"poupou"，今天说的是标准的apple。

行行认识了月亮和柳树之后，刚好，墙上的拼音挂图上"ue"配的画是圆月和柳梢，妈妈顺口说了句"月上柳梢头"，他听了咯咯地笑，几遍之后他就记住了，但是说不全，他说一头一尾的两个字："月"和"头"。他是要妈妈再念那句诗。

行行一吃苹果，就很快地跑到拼音挂图前，"ch"配的是一个娃娃吃苹果，他指着那幅图，说："样、样"。一样的，眯着眼笑，很幸福的样子。

诗歌语言与日常语言是有很大区别的，行行听了觉得好笑证明他能体会到两者之间的不同。这大约就是最初的语感吧！

嘣嘣擦，做游戏（2005.4.2 周六 晴）

气温骤然升至26℃，行行终于脱掉了棉袄，换上了T恤和毛衣。这段时间外公回去了，行行特别黏爸爸妈妈，尤其是妈妈。很多事情他都由着性子来，让妈妈很伤脑筋。比如，他喜欢在阳台上玩煤球和烧过的煤渣，这几天不知怎么又迷上了洗菜，一到厨房去就找菜，找到就往水池子里扔，扔进去了他还要看，就要"抱、抱"，妈妈或外婆把他抱起来，他看见了自己扔进去的菜，高兴地说："洗、洗。"前阵子他会很清楚地说"不行"，现在一不高兴就说："八八也，八八也。"不知道究竟是什么意思。

他在工会看着老爷爷、老奶奶打腰鼓，回家后也经常要"嘣嘣擦"，或是拿着两个吸盘在手里边敲边喊"嘣嘣擦"，或是躺在床上，两只脚踢踏床板"嘣嘣擦"，调皮劲儿十足。

行行的小脑瓜里真装了不少东西，墙上的拼音字母歌谣他几乎都记得。我们问他："椰子树上长绿叶，椰树开花引什么呀？"他就说"蝴蝶"；我们问："摁下录音机，谁笑眯眯呀？"他就答："猫儿"。就连不经常念的"什么向客人问好啊？"他也能回答："鹦（鹉）"。跟做填空题似的，他都能对答如流。

行行生气（2005.4.6 周三 晴）

行行脾气很倔，昨晚爸爸上课上到很晚，十点多才回家，妈妈哄他睡觉，不知是什么原因，他瞌睡得眼睛都闭上了，但就是要哭，我猜是想让爸爸抱、哄。前后哭了足有半个小时。

爸爸回来了，最初，他赌气似的不要爸爸抱，冲着他哭。后来爸爸过来抓住他的手，摸摸他的头，抚慰一番之后，他才向爸爸伸出了双手，躺在爸爸的怀里，过了一会儿就睡着了。

今天晚上，行行又生气了。他要把手伸进垃圾桶里去，妈妈呵斥他说"打屁股"，他就委屈得哭了。虽然后来转移注意力让他止住了哭，但过了一会儿他又走到垃圾桶旁边了。这次妈妈没说什么，他大约是触景生悲，又撇了嘴要哭。妈妈连忙转移他的注意力。虽然没哭出声来，他心里的那股不平之气还是难以抑制，他干脆到地上发狠地爬了好一段距离。大约是和妈妈较劲儿，你说垃圾桶脏，我偏不嫌脏，要到地上爬。

🧁 好看的英语音标（2005.4.7　周四　晴，17～29℃）

行行看了老年人打腰鼓之后，也爱上了"嘣嘣擦"，像跳踢踏舞一样一边跺脚一边高兴地喊"嘣嘣擦"。

行行对英语有很大的兴趣。床头贴的字母表上的简单的单词他差不多都会说了。又对元音、辅音发生了兴趣，尤其是对它们的外形感兴趣。他说它们有的像梅花，有的像雨伞把儿。妈妈告诉他那是元音和辅音，他听了就重复，想学，妈妈念了几个，他觉得很有意思，也跟着念。一说英语单词他就飞快地跑进屋，一边跑一边大声地念："a: i: ……"。

心理学家罗伯特·桑普尔斯曾说过，儿童的心理在本质上是比喻性的，因而需要一种跨学科的、多层次的、非线性的学习方法。所以，比喻是引导孩子认识这个世界的一把金钥匙。父母不仅要多用比喻向他们解释各种事物，而且要重视孩子们自己的比喻。

🧁 跳大舞（2005.4.13 周三 晴）

昨天上午给行行做了体检，重25斤，高83.5cm，还打了乙脑疫苗。昨天晚上两点多给他把尿时，发现行行在发烧，38.1℃（急忙翻书，书上说打疫苗之后发烧是正常反应，只要不超过38.6℃，就无大碍），一直持续到今天下午。从凌晨四五点钟到中午，体温是37.5℃，他玩得很开心。但妈妈这一天还是很担心。晚上感觉体温正常了，而且一放温度计他就会惊醒，所以没有量。

行行这段时间有些调皮，特别黏糊妈妈。常常在睡觉醒来时好哭，哭着不肯穿衣服，也许是燥热，也许是这阵子长牙，心里烦躁。一连长出四颗牙，大牙长出来了，门牙旁边的牙也长出来了。

行行哭的时候，就像大人生气时一样想扔东西，今天中午起床之后又哭，给他黄瓜、气球、沙琪玛，他会气哼哼地扔到地上去。

行行看见运动会的开幕式上很多学生在跳舞，兴奋地说："跳大舞，跳大舞。"这是他自创的一个词儿，很形象。

🧁 拿钱买东西去（2005.4.21 周四 晴）

这段时间，行行的睡眠很好。晚上几乎睡一整晚，尿尿的次数少了，午觉也睡得很熟，中间不用尿尿。唯一让他不高兴的是，有时没完全睡醒就起床时，他会拒绝穿衣服。他还喜欢脱袜子、鞋子，不知是不是脚太热。

我们没教行行认过真正的钱，只认了字母表上的一张"money"的图画，上面有"毛爷爷"的那张money，也没告诉过他用钱可以买东西。有意思的是，他居然从我们日常的话语和行动中知道了钱是用来买东西的。

今天上午，他拿起了电话旁的一个钱卷儿就跑，妈妈以为他是当成废纸要扔到垃圾桶里去呢，谁知道他是去"买东西"，他走到门口，一边拍门一边说"买东西，买东西"。他的领悟能力真是让我们惊喜、高兴。

行行认字母

买了一本学英语的书，附带的光盘上有朗读26个字母的视频，行行听了一遍之后，就对"A、B、C、D"发生了极大的兴趣，他每天都要到床边的字母表旁看很多次。在外面只要看到字母字样的，他都会用他不太准的发音念"A、B、C、D"。

行行今天和我们一起到市内新家里了，晚上和外公外婆一起睡，很乖，尿尿、吃奶、早晨起床后都一如往常。在去市内的路上，他坐在出租车内，眼睛很"管事"，路边高速公路的"入口"，被他认成了"人品"，因为他只认识这两个字。党校门口的"人和家政"广告牌一点也不显眼，车子一闪而过，行行指着外面连说"人、人"。英语单词他几乎是过目不忘。像"牛cattle""西瓜watermelon""草莓strawberry"，这么长一串他也记得。

🧁 短暂的分离（2005.4.22～2005.5.4 周五 多云）

爸爸妈妈今天中午回学校了。

不知行行第一次离开爸爸妈妈，今晚是否睡得踏实。

外公外婆说，行行在市内玩得很高兴，就是有时候会找爸爸妈妈，特别是爸爸妈妈过来看了他又走了之后。5月4日，行行又回学校了。

行行这次回来之后，已经能主动告诉身边的人他要"尿尿"了。

🧁 无师自通学汉字（2005.5.8 周日 晴）

行行戴着一顶兔兔帽和爷爷奶奶从外面进来，妈妈乍一看好吃惊：行行居然长这么大了，像个大娃娃了。一年半的光景，他身上发生了惊人的变化。行行很少说错话，肯定、否定的意思他都明白，语法也基本上没什么错误。比如，爸爸问牛奶甜不甜，他说甜；问香不香，他说香；又问苦不苦，他说不苦；问辣不辣，他说不辣。他不会把意思弄错。

今天让妈妈惊奇的是，他不知道从哪里学会了认"花"这个字，他指着儿歌中的"妹妹捧个大花碗"的"花"告诉妈妈"huā""huā"，妈妈一会儿又写在写字板上让他认，他还是认得。爸爸说他没教过，妈妈也没教过，真奇怪，不知行行是从哪里知道这个汉字是"huā"。

他还认识象棋上的"马""象""卒"。"象"他也是无师自通，妈妈估计他是从取暖器上的"小白象"那里学来的，"马"妈妈教过他一遍，告诉他下面有四个点的是"馬"，"卒"是爸爸教过他的。这些复杂的方块字，笔画那么复杂，真不知道行行时如何学会的。

行行现在犯糊涂的是人称代词，"你""我""他"弄不清楚。比如，外婆说"你吃"，行行也说"你吃"，但他又知道这样似乎不对，他又改口说"行行吃"。聪明的家伙，他还知道不会用就换一个说法。

🧁 世界越来越精彩（2005.5.11 周三 晴）

行行从昨晚开始有些流鼻涕，他天天都说"不生病"，但愿不要紧（我们给他洗手洗脚时一说"讲卫生"，他就接下去说"不生病"）。

行行的梦话

今晚，爸爸和妈妈给行行脱衣服时，他已睡熟了，他在梦中用两个小手做"嘭嘭擦"的动作，互相敲击，真是笑人。他在外面看退休的老年人打腰鼓，回来之后最喜欢模仿这个动作了。把两个吸盘拿在手里互相敲，一边敲一边跺脚，做出手舞足蹈的动作。他还喜欢拿一个敲琴的小红锤子到处敲，地板、墙、沙发、玩具、桌子、铁盒子……凡是他看到的，都要试着敲一敲。

行行晚上睡着了有时候笑得很快活，有时候还要说一两句梦话，妈妈听见他前几晚说过的梦话有"大灯笼""花"。都是他非常感兴趣的东西。前段时间，

行行认字母

买了一本学英语的书，附带的光盘上有朗读26个字母的视频，行行听了一遍之后，就对"A、B、C、D"发生了极大的兴趣，他每天都要到床边的字母表旁看很多次。在外面只要看到字母字样的，他都会用他不太准的发音念"A、B、C、D"。

行行今天和我们一起到市内新家里了，晚上和外公外婆一起睡，很乖，尿尿、吃奶、早晨起床后都一如往常。在去市内的路上，他坐在出租车内，眼睛很"管事"，路边高速公路的"入口"，被他认成了"人品"，因为他只认识这两个字。党校门口的"人和家政"广告牌一点也不显眼，车子一闪而过，行行指着外面连说"人、人"。英语单词他几乎是过目不忘。像"牛cattle""西瓜watermelon""草莓strawberry"，这么长一串他也记得。

🧁 短暂的分离（2005、4、22～2005、5、4 周五 多云）

爸爸妈妈今天中午回学校了。

不知行行第一次离开爸爸妈妈，今晚是否睡得踏实。

外公外婆说，行行在市内玩得很高兴，就是有时候会找爸爸妈妈，特别是爸爸妈妈过来看了他又走了之后。5月4日，行行又回学校了。

行行这次回来之后，已经能主动告诉身边的人他要"尿尿"了。

🧁 无师自通学汉字（2005、5、8 周日 晴）

行行戴着一顶兔兔帽和爷爷奶奶从外面进来，妈妈乍一看好吃惊：行行居然长这么大了，像个大娃娃了。一年半的光景，他身上发生了惊人的变化。行行很少说错话，肯定、否定的意思他都明白，语法也基本上没什么错误。比如，爸爸问牛奶甜不甜，他说甜；问香不香，他说香；又问苦不苦，他说不苦；问辣不辣，他说不辣。他不会把意思弄错。

今天让妈妈惊奇的是，他不知道从哪里学会了认"花"这个字，他指着儿歌中的"妹妹捧个大花碗"的"花"告诉妈妈"huā""huā"，妈妈一会儿又写在写字板上让他认，他还是认得。爸爸说他没教过，妈妈也没教过，真奇怪，不知行行是从哪里知道这个汉字是"huā"。

他还认识象棋上的"马""象""卒"。"象"他也是无师自通，妈妈估计他是从取暖器上的"小白象"那里学来的，"马"妈妈教过他一遍，告诉他下面有四个点的是"馬"，"卒"是爸爸教过他的。这些复杂的方块字，笔画那么复杂，真不知道行行时如何学会的。

行行现在犯糊涂的是人称代词，"你""我""他"弄不清楚。比如，外婆说"你吃"，行行也说"你吃"，但他又知道这样似乎不对，他又改口说"行行吃"。聪明的家伙，他还知道不会用就换一个说法。

🧁 世界越来越精彩（2005.5.11 周三 晴）

行行从昨晚开始有些流鼻涕，他天天都说"不生病"，但愿不要紧（我们给他洗手洗脚时一说"讲卫生"，他就接下去说"不生病"）。

行行的梦话

今晚，爸爸和妈妈给行行脱衣服时，他已睡熟了，他在梦中用两个小手做"嘣嘣擦"的动作，互相敲击，真是笑人。他在外面看退休的老年人打腰鼓，回来之后最喜欢模仿这个动作了。把两个吸盘拿在手里互相敲，一边敲一边跺脚，做出手舞足蹈的动作。他还喜欢拿一个敲琴的小红锤子到处敲，地板、墙、沙发、玩具、桌子、铁盒子……凡是他看到的，都要试着敲一敲。

行行晚上睡着了有时候笑得很快活，有时候还要说一两句梦话，妈妈听见他前几晚说过的梦话有"大灯笼""花"。都是他非常感兴趣的东西。前段时间，他和外公外婆在市内，外婆说他每晚都在梦中说"妈妈不上班，不上班"。说明他还是非常想和妈妈爸爸在一起的。

行行尿尿很有意思。他有时候憋得不行了才说，他不说"尿尿"，而说"打尿惊，打尿惊"，意思是要赶快尿。他有时要到盆里尿，因为市内有马桶，回来之后也要到马桶里尿，外公哄他说厕所是小马桶，他就要求"到小马桶尿尿"。

行行吃鱼肝油沾到牙齿上了，他告诉妈妈"牙齿痒"。

行行站在爸爸腿上数爸爸的头发：一根根，二根根……十根根。"十"是他能数到的最大的数字。

行行喜欢洗澡，但不喜欢洗头，每次洗澡时他都要声明"不洗头"。

行行居然能认出象棋中的许多棋子：象、马、兵、卒，这四个他认得很准。妈妈真是猜不透这么复杂的汉字他是凭什么记住的。

行行学英语的热情特别高，特别是和他的日常生活结合紧密的。这几天，他学说各种球类，活学活用，非常准确，乒乓球那么长的发音table tennis，他说得很清楚。中文、英文中他有两个音发不准：k、g，是发音器官还没有发育完全吧？

行行喜欢玩水，见了水就要倒。把菜扔到水池里"洗"，是他到厨房去最喜欢做的事情。他还试着自己去开洗衣机旁边的那个小水龙头，可惜还没掌握开的技术，所幸还不会开，否则，家里洗手间里就要一片汪洋了。

研究表明，儿童的发展过程是从身体到意象，再到概念。我们的许多汉字是从象形文字发展而来的，和图像保留着天然的联系，所以在这个阶段，把简单的字与一些图形联系起来，孩子能非常轻松地学会。

🧁 熟睡之际理个发（2005.5.12　周四　晴）

今天中午，趁行行睡着之际，爸爸给他理了个发，他还浑然不觉呢。看来，早就应该买个电推子自己给他理发了。

🧁 行行的一天（2005.5.14　周六　多云）

行行的一天速写。早晨7:40，行行醒来了，先是翻身，左翻右翻，用脚向上顶被子，动一阵子眼睛才睁开，爸爸妈妈还在睡呢，他用新鲜清脆的声音叫："爸爸，妈妈"。这是他每一天醒来说的第一句话，也是让爸妈听着心里直乐的一句话。然后他自己躺在床上组词："爸爸爷爷、妈妈爷爷、爸爸奶奶。"反正，从这一刻起，他的身体，他的五官，还有他的脑子都不会再静止了，所有的一切都活动起来了。然后，他在床上玩一阵子，看床单上的画，看墙上贴的A、B、C……看床头的波浪线……凡是目所能及、手所能及的都是他说的对象、观察的对象。然后，妈妈冲牛奶，昨晚吃了210ml，早晨妈妈冲了180ml，他一口气吃得一滴不剩。

爸爸接了一个电话，又临时上班去了。妈妈给行行拿袜子、鞋子，他通常喜欢说："不穿袜"，在床上玩的时候他也喜欢把袜子脱掉。今天穿好之后一到客厅，行行就发现了他的那些大大小小的球，他一个一个地玩，嘴里也连接不断地说英、汉两种发音的名称，等于自己把妈妈教给他的单词复习一遍。先玩了一阵Volleyball，又玩了table tennis，还有无名的小皮球，他偶尔也把球拿过来让妈妈打，他说："妈妈打。"妈妈丢了，他又去捡。玩了半个小时，他的注意力又转移到打"嘣嘣擦"，他那投入的劲头和舞台上乐队里的鼓手没有什么两样。

妈妈到厨房，他也跟到了厨房。行行到厨房来通常是先看看有什么吸引他的菜、水果，有的话他就拿起来玩。今天还没买菜，他又瞄准了微波炉，微波炉的门开着，他使劲往里面推，模仿微波炉的声音"嗡嗡嗡……"。微波炉的门角只要一动就会碰到行行，所以妈妈制止了他。

他的注意力又随之转移到微波炉下面的米袋子上，使劲儿地伸长手臂，伸下去掏米，米所剩不多，行行抓不到，妈妈抓了一小撮给他放在一个小盆里让他玩。

此前，他还把家里的餐桌旁的五个凳子"排排坐"排在一起。现在他便把装有大米的盆子放到其中的一个凳子上玩，把米抓起来放在凳子上，又用手把它们拍在地上，又抓起来放到沙发上，乐此不疲，玩了有十几分钟，盆子里的米被他撒得到处都是，他自己也说"撒了一地"，还用脚在上面踩踩，说"滑溜"，大约是外公跟他说过地上撒了米很"滑溜"。

妈妈去洗脸，行行又跟到了洗手间。他要妈妈抱着他开水龙头。他有点弄不清主语和谓语的顺序，他有时说"抱妈妈"，就是要"妈妈抱"，有时他说"打爷爷"，意思是"爷爷打（球）"。

妈妈本来准备给他洗脸的，洗了一把，他就对台上的瓶子、罐子产生了莫大的兴趣，依次去摸他感兴趣的瓶子、肥皂盒、牙膏……还拿起梳子给妈妈梳梳头。

他最感兴趣的是一个圆球状的瓶盖子，说"球球"，要妈妈揭开。他终于缩回到妈妈怀里了，还说"怕，怕"，原来，他看到了里面充当清洁球的两块丝瓜瓤，头一次看见这样软的、形状又有些怪的东西。

行行总是显得很怕，比如水果外面的套子，花开谢了之后的花籽，他都怕。妈妈一边解释，一边趁机把他抱离了这块"是非之地"，因为他还用手指头去蘸台子上洒的水。

妈妈去阳台，行行在阳台上又发现了他感兴趣的扫帚，一把抓起来就往客厅里跑，说"劳动一下"。这几天他喜欢一字一顿地说话，他大声地一字一顿地说：劳——动————下。

这时候，他突然又想起什么地叫妈妈"喝"，他指妈妈的嘴说："妈妈喝，妈妈喝。"哦，他由"劳动"一词想起了那首歌："我的好妈妈，下班回到家，劳动了一天多辛苦呀，妈妈快坐下，请喝一杯茶呀。"每次妈妈唱到这里，他就会笑着问："什么茶？"妈妈回答说："春茶、绿茶、菊花茶、茉莉茶。"

妈妈又想考考他是否记得前几天读过的古诗，就问他："离离——"。行行就接着说："原上草。"这首诗他基本上记得了，因为一开始他就对第二句很感兴趣，一岁一枯荣，后面三个字他没听说过，很爱听。

又问，他还记得床前——明月光，疑是——地上霜，举头——望明月，最后一句他不记得。

妈妈问行行有没有故乡，他说："没有没有。"妈妈又问昨晚爸爸教他的，故人西辞——黄鹤楼，他没听过七言诗，也觉得"好听"，指着妈妈的嘴让妈妈"唱天际流"。妈妈"又唱"给他听。最后一句他仍然不记得。

行行在外婆的床上看见了象棋，他说"打麻将"，说出口知道自己又说错了，连忙改为"下象棋"。他下象棋其实是玩棋子，不过玩了几天，几乎所有的棋子他都认识了。妈妈陪他在床上"下棋"，让他找"兵""炮""士"，他都一个不错地找给了妈妈。这盘棋陪行行打发了不少时间，每次他都能玩至少半个小时。

这期间，行行还到厨房里去"洗菜"了，他把昨天买的三个茄子一一扔到洗菜盆里，说"洗菜，洗菜"，让妈妈抱他看。

如此多的活动，妈妈还漏了不少，比如喝水、尿尿、看书之类的，现在才只记到10点钟。10点钟，妈妈的肚子饿得"咕咕"叫，外公外婆回来了，开了门，行行喊了外婆却只冲着外公笑，外公问行行为什么不叫外公，行行连忙补叫了一声，连连说"逗逗"，原来，一看见外公，他就一股脑儿心思全跑到和外公逗乐去了。

吃苹果，玩菜，阳台上玩，吃核桃，行行吃饭，和外公"下棋"，我们吃饭、他当观众，打喷嚏擦，照相，喝药，听音乐。13：10开始睡午觉。中午吃饭时，行行坐在外公怀里看着我们吃饭，他又拖声摇气地叫"爸一爸、妈一妈、奶一奶"，妈妈问他："外公、外婆、爸爸、妈妈都爱谁啊？"行行说："我。"又问，他又这样答，看来他对人称代词"我"开始有些明白了。但有时又分不清了。妈妈说"抱你看"，他也说"抱你看"。

唯见长江天际流（2005.5.20 周五 多云）

行行今天打甲肝第一针疫苗。

从前天开始，行行说话有点结巴。前几天，丁老师还问过我，他说果果小时候在会说话之后有一个月突然变得口吃似的，难道这是一个必经的过程？

行行现在会背很多首古诗了，还不是完全独立的背诵，是在大人的指导下背诵，至少有十首了。他最喜欢的是《送孟浩然之广陵》这首。他老一个人念叨"孤帆远影"。今天中午自己大声且完整地说："唯见长江天际流。""儿童急走追黄蝶，飞入菜花无处寻"这样的句子他也很喜欢，因为配有很漂亮的图画。只要图画能引起他的兴趣，他都能很快记住。

行行今晚已经能画相当漂亮的气球了。

唱歌、画香蕉（2005.5.21 周六 多云转晴）

行行唱歌

行行会唱两首歌，不是背歌词，而是有腔有调的那种真唱，一首是《啊，牡丹》，一首是《马儿也啊你慢些走》。他唱的时候还真是那么回事，嘴巴张得大大的，往往是一句还没唱完就把我们逗笑了，也把自己逗笑了。

行行画香蕉

行行在写字板上画一条弯弯的线，又画一条弯弯的线，两头重合了，中间鼓起来，行行说："banana, banana"，妈妈一看，还真像呢。

现在带行行出去玩已经相当轻松了，几乎不用抱。他一人跑得飞快，妈妈简直有点儿赶不上他了，他走路也十分稳当了。出门之后，他喜欢玩土，在地上挖石头，画气球，喜欢上台阶，喜欢看灯，教学楼、体育馆、招待所各处的灯，他都非常感兴趣。

当孩子有了写写画画的自发要求时，父母要尽可能地为孩子提供那些能帮助他们表达自己的材料，譬如水彩笔、绘画纸。另外，可以为他们准备一些合适的乐器、球类与益智玩具。不要过分吝惜给孩子自由支配的东西，但也不能完全没有节制。曾经见过很多一两岁的孩子缺乏最基本的纸和画笔，并不是家庭没有能

力提供，而是父母认为这些没有必要；也曾经见过过于奢侈的家长，以至于不知不觉中养成了孩子随便浪费的坏习惯。

🧁 春游广德寺（2005.5.29 周日 晴）

昨天，行行和我们四个大人一起去了广德寺。行行天性中竟然也有佛性呢，一进门就是天王殿，告诉他这是弥勒佛，要在前面的蒲团上磕头，他果真就去磕头，磕完了还说："外公磕，磕。"然后一路进去只要见了蒲团，他都主动地去拜。

广德寺里有一棵超级银杏树——将军树，还是唐朝时种下的，距今一千多年了，另外两棵估计也有五六百年了，行行第一次看见这么粗的巨树，虽然他没有年代的概念，但对银杏树叶、树干、树根都很感兴趣，饱经沧桑的树根有的露在外面，他就在这里摸摸，那里拍拍，玩了一个多小时，也没闹着要回家，一直很高兴。

从昨天起，我们教行行读三字经。昨天记了八句，今天只教了四句，每天教四句就行了，贵在坚持。行行能一口气地把外婆教的《小小姑娘》的歌词从头说到尾。

行行吃饭，睡觉都很正常，总是精神十足。他最爱的是打腰鼓和踢球。各种球他都会用英语说，玩了volleyball又要玩tennis，玩了tennis还要玩table tennis。

张阿姨又教他"射门"，所以这几天玩球、踢球时还要搬把凳子放在客厅中央，将凳子腿视为门（凳子四条腿，腿与腿之间就是一个门）。他还喜欢将凳子排成一排，将三个桃子或是西红柿摆成"贡品"的样子。还有一个爱好就是打"嘣嘣擦"，拿着小鼓锤这里敲敲，那里敲敲，还要外公"帮忙"，真是开心。

行行也有一些小小的心机。他总是喜欢对外公说："不许抱，不许抱。"外公问他："行行，喜欢外公抱吗？"他答："不喜欢。"他要吃鱼肝油，外公手里拿着鱼肝油又问："行行喜欢外公吗？"他马上改口了："喜欢，喜欢外公。"

"满堂红"（2005.6.2 周四 晴，34℃）

行行自己会创造很多说法，比如，他说爷爷奶奶、爸爸妈妈，还有行行。今天早晨起来时，家里已是阳光灿烂，行行居然说了一句"满堂红"，大家都颇为惊异，不知他从何处学来这一说法。这大约是他送给妈妈的生日礼物和祝贺。

行行，妈妈真是要感谢你。妈妈的生活因你而充实，因你而有了无数的快乐，因你而有了幸福的感觉。晚上，妈妈不知说什么用了一个词"最优秀"，行行听了咯咯直笑，他又没听说过。

行行一走路就是小跑，还乐颠颠地将两只小手伸在前方，胳膊一上一下地挥舞，像是有天大的喜事。他这副神态能给所有看见他的人带来快乐。

自己的喜恶与判断（2005.6.6 周一 雨，17℃）

行行的成长是可以看见的，几乎每天都有新的进步。从6月2日到今天这短短的四天时间，我觉得行行在语言上又有了新的突破。现在，他可以自由地说一些简单的句子表达自己的看法和想法。比如，今天他要削土豆皮，为了安全，我们给他一个开酒瓶的启子，形状和刨子很像。他拿着一边削一边说："行行削不动。""爷爷削得动""妈妈削得动""行行削土豆""妈妈削土豆"，这样的短句子他说起来已经没有障碍了。

在他兴之所至的时候，他还唱歌、背唐诗。他喜欢唱《小小姑娘》，一字不错。还喜欢唱《蜗牛与黄鹂鸟》中的那几句：蜗牛背着重重的壳，一步一步往上爬，阿树阿上两只黄鹂鸟，阿嘻阿嘻哈哈在笑他，葡萄成熟还早得很……他都记得，还有《卖汤圆》、《采蘑菇的小姑娘》、《小松树》、《数鸭子》、《大河向东流》等。他也能自己独立地背唐诗了。今天吃饭时，没有任何提示，他兴之所至地背诵了白居易的《草》。妈妈发现最朗朗上口的还是李白的诗，不管七言、五言，还是绝句，他都记得很快。

行行不喜欢穿新鞋子，新袜子，而且很坚决。"五·一"给他买了两双新凉鞋，一双已经穿坏了，我们让他穿新的，他说什么都不穿，大约是第一次穿那双凉鞋时脚下响响的小喇叭，吓着了他，哄着给他穿上了，他却蜷着两条腿，脚就沾不着地，脚着了地，他也说什么都不迈步走，用他最喜爱的球、西瓜哄他都无效，最后，只得脱下新鞋穿旧鞋，他这才下地活蹦乱跳起来。

这个小小的人儿，他现在已经有了自己的喜恶，有了自己的判断，有了自己的思维与语言。真是神奇！他来到这个世界上才短短的一年半多一点儿的时间。孩子的成长与变化是最神奇的事情之一。

🧁 加减乘除（2005.6.13 周一 晴）

行行学会了加、减、乘、除号的写法。有一天早晨，他拿着筷子偶然地架在了一起，成"十"字形，行行连忙说："加号，加号。"没人教过他。这又是他自己的联想。外公抽掉一支，行行说："减号，减号。"问他"+"怎么写，他说："一横一竖，'−'是一横，'×'是一个叉叉，'÷'是上面一点，中间一横，下面一点。"他最早感兴趣的是"÷"号，现在都认识了。

行行自己在写字板上画气球，有一次前面画尖了，他说："小老鼠，小老鼠。"我们都跑过去看，果然很像一只小老鼠。他有时自己画"香蕉气球"，"圆气球"，"长气球"，"瘪气球"，他都能根据形状自己命名，还真像。

行行这段时间喜欢妈妈亲自己的脸蛋。有一次妈妈亲了他，问他"幸福吗？"他说"幸福"。后来想起来了就说"亲亲"，妈妈亲了，他便很满足很幸福的样子。今天家里来了妈妈的两位学生，他很喜欢。午睡前，他躺在电脑前的小床上，又说"亲亲"，意思是让妈妈亲亲他。姐姐们想亲亲他，问他行不行，他连忙说："亲不动，亲不动。"他大约是想到了"咬不动，拿不动"之类的否定词。那个馨媛姐姐也真逗，偏偏说："亲得动，亲得动，我能从这边亲到那边。"

🧁 省略号和冒号（2005.6.17 周五 晴）

行行今天又学会了省略号和冒号。他觉得很有意思。这些标点符号，+、-、×、÷、?、。、……，现在他都认识了。

外公对行行的爱真是难以形容。今天安了蚊帐，怕行行半夜醒来不适应，外公戴着老花镜在蚊帐的四周挂了一排排气球，五颜六色的，气球和灯笼是行行的最爱。就凭外公的这份爱，行行也会喜欢这蚊帐的。

行行受打击之后

今天早晨起床后，行行对叔叔给他买的那个小狗产生了兴趣。他想推着小狗在地上跑，但前面的两个轮子不知怎么回事卡住了，跑不动。妈妈看了一下，也没找出问题在哪儿，以前这只小狗挺会跑的。行行大约是觉得自己不够能干，他使劲儿推，四肢着地，几次之后，他生气了，虽然没有人责备他，打击他，他在生自己的气。他躺在地上要赖了，先是坐在地上不肯起来，妈妈去抱他他不起来，索性要睡在地上，不要妈妈抱，也不要外公抱，也不在床上躺，把他抱到床上，他又溜到地上，赖了好一阵子，看了一会儿《英文小天才》才止住哭。

"抽象的东西确实比较难于理解，但婴幼儿的"情境领悟"、"印象记忆"、"无选择探求"等能力不是很强很强吗？……他完全可以由印象记忆开始逐步领悟数和形，进而学习计算。学语言是从印象记忆开始的，识数也必然是由印象记忆开始的。"

——中国著名早教专家冯德全

🧁 低头思故乡（2005.6.23 周四 晴，高温，38℃）

行行会写问号了，不很规矩，但大体上是像的。

行行会用英语说1、2、3、4和9了。他一字一顿地说："1就是one，2就是

two，3就是three，4就是four。"然后就是nine，他还喜欢听seven，说"好好听"，还"嘿嘿"地笑几声，以示他觉得"好好听"。

今天，行行自己蹲在地上洗手，低着头认真地洗手。突然，他说了句："低头思故乡"。起初，我们都还没听清，让他再说一遍，这才听清他是在吟诗呢。这小家伙，居然活学活用了。

这几天，佩芷妹妹和小姨回来了，起初他不喜欢妹妹，因为人们转移了对他的注意力。第一天，他常常借故哭闹，渐渐地，他的情绪平静下来了，而且自己喜欢的东西让他给妹妹，他也很乐意给了。他还喂妹妹一块西瓜皮，因为妹妹喜欢啃东西，他自己也啃西瓜皮。

🧁 联想和比喻（2005、7、11 周一 多云）

前段时间，妈妈忙，又出差一星期，很长时间没记日记了。

妈妈一大早从车站回来，行行和外公已经在楼下边玩边等妈妈了。妈妈问行行："想不想我？"行行说："想我。"他至今分不清"你"和"我"之间的区别。又问：妈妈去哪儿了？他答：天津。看来，他心里是有数的。这一周，行行没找妈妈，别人问起妈妈来，他很爽快地回答：上班。

行行会联想，会用比喻了。妈妈问：乌龟有壳，还有什么背着重重的壳？他答：蜗牛。他自己说：灯笼有须须，玉米，菜市场的玉米也有须。他今天拿了一个西红柿对妈妈说：像苹果。昨天他也说过类似的一句话，用了"像"，妈妈夸了他。看来，他是有意识地在使用比喻了。

行行仍然不去别人家。他最喜欢张阿姨、陈叔叔，爸爸妈妈好不容易哄着他让他答应去他们家，可他一进门就哭。直到出门，下楼，才破涕为笑。真不知道是什么吓着了他，让他这样惧怕到别人家去。

妈妈最甜蜜幸福的一刻，是听着行行那么爱恋地一迭声地叫："妈一妈一，妈一妈一。"行行张开两臂、扑向妈妈的怀抱，这个"扑"的动作是那样的无忧无虑，不设防，不担心，不害怕，充满了信赖与爱。只有小孩才会有这样的动作，才会有这么深情的叫声。妈妈的心，永远为这一幕而感动。

🧁 急性肠胃炎（2005.8.7 周日 多云）

又是很久没记日记了。

7月12日，外公回家，爸爸和妈妈带行行，很忙。

7月14日，到市内新房子里。7月20日早晨，爸爸从外面买煎饺回来，行行非要吃，手也不干净，抓着就吃，好像吃了两三个。这一天的胃口就不怎么好，所以一会儿吃点这，一会儿吃点那。当天夜里2:00－4:00醒了，不想睡。爸爸还拍了他的屁股。

没想到，早晨6点多起床之后就发作了，哭着说要尿尿，一趟趟地去洗手间，可是尿不出来，从7点钟开始呕吐，半夜吃的牛奶、喝的水全吐出来了，而且还拉，一点精神也没有。抱在怀里软绵绵的，不哭不闹，和平时判若两人。赶快上医院。

经过一系列繁琐的手续，诊断结果终于出来了：急性肠胃炎。

行行乏力到打针时也没有反抗。针打上之后，睡睡醒醒，一直昏昏沉沉。当天止住了吐，但仍然拉得厉害。7月20日又打了一针，行行使劲地反抗，大哭大闹，爸爸妈妈只好一人抱孩子一人举吊瓶，从中心医院一路走回家，自己换药、拔针。

差不多一星期才恢复。以后切忌随便在外面买东西给行行吃。

7月27日外公回来了，行行见到外公就精神为之一振。这小子和外公一定有着某种特别的缘分。这段时间他喜欢自己拿起电话来打，一举起话筒（有时他也拨号），就说："爷爷，快回来。带点杨桃（猕猴桃）回来。"外公真的回来了，他倒并不非要向外公要杨桃。

7月28日健康如平时，又恢复了活蹦乱跳的调皮样。

🧁 语言能力的提高（2005.8.10 周三）

这段时间，行行最明显的变化是语言能力的提高，他能用一个相当长的句子，有形容词、有动词，来表达自己的意思。他用某个新鲜的词受到我们的表扬后，能反复用这个词造不同的句子："一边……一边……"。不知他是什么时候学会的。有一次，行行说："一边吃山楂汉堡，一边蹦一边跳。"妈妈大为惊讶，连连夸他，他在接下来的几天一直有意识地用"一边……一边……"造句。

有一天，爸爸妈妈从外面回来，门开了，行行笑眯眯地说："原来是爸爸！"令我们大为惊奇，不知他是什么时候学会用"原来"这个词的。他还会有意识地用"可以""合适"等造句。

他很会联想，打比方，受到了夸奖之后，他也有意识地用比喻。他说："张阿姨家的葡萄像棒棒糖一样。"完全是自己的想象，没有任何人教过他说过这种话。"像花花一样""像灯笼一样"是他最喜欢打的比方。因为在他的经验里，花花和灯笼是他最熟悉、最喜欢的。

有时候，他说的句子很长，那天他在床上说了一句："行行差点没摸到那个鹅黄色的被被。"他居然用了那么多修饰成分。

而且，这两天他有些分得清"你"和"我"了。妈妈有意识地给他纠正了许多次，从昨天开始，他比较正确地用"我"了。譬如，以前洗手时我们说："我给你洗。"他也跟着说"给你洗"，现在，他可以说成"给我洗"了。

今天，爸爸和妈妈说话时，说到"**的老婆"，行行也说："老婆，老婆"，很好奇，因为没听说过这个词儿。外公问："**的老婆你应该叫什么？"行行说："叫老婆。"真是笑人。我们马上打断他，说："不对，老婆是大人才能说的话。"

行行看到一个梨子，马上兴冲冲地去打电话，说："奶奶，快回来，回来吃鸭梨。"他又觉得说鸭梨不对，又补充一句："回来吃青皮梨。"因为在他的印象中，外婆最喜欢吃梨。

行行还学了不少英语短语：Stand up; Sit down; Go home; That's all

right; Eat a little more; Drink water; Wash your hands等。

在孩子学习语言的过程中，出现一些错误是很正常的，不必要急着去纠正孩子语法方面的错误。随着年龄的增长，听成人说多了，他们自然就能改正过来。

"行行趣言记"（2005.8.16 周二 热，33℃以上）

行行昨天不想和外公玩了，就说："不喜欢爷爷，不喜欢爷爷。"外公问他："为什么不喜欢爷爷？"行行居然煞有介事地说："因为……"。可惜的是，他只会说"因为"，却编不出可以表达的理由。

行行在床上玩，妈妈问他男孩和女孩有什么区别，行行认真地看了看床头贴画上的boy和girl，然后告诉妈妈：女孩有眼睛。

行行和妈妈在外面玩，他总是想要妈妈抱，他对妈妈说："有时候妈妈抱。"妈妈给他补充："有时候行行自己走。"狡猾的家伙，他就是不说后半句。

行行看见妈妈、外婆穿的衣服上有小圆圈，说："衣服上都是句号。有句号的衣服。"

拒绝穿衣服（2005.8.22 周一 雨，冷，15℃）

这几天气温骤降。行行要加厚衣服了：秋衣、毛背心、外套。令人头疼的是，他每次一觉醒来都拒绝穿衣服，哭闹不止。最厉害的是今天中午，嗓子都哭哑了，妈妈真是恨啊！打他几巴掌也无济于事。我不知道他为什么有这么多与众不同的怪脾气，拒绝穿衣服、新鞋袜还不说，连每天两次的穿衣也这样闹！我不知道是什么原因，他究竟有些什么我们大人不得而知的感受。只是觉得烦，又哭又闹的，又怕他把嗓子哭哑了。为人父母，真是不易啊！

行行，当你长大之后有能力来读这一天的日记时，相信你已经是一个懂道理的孩子了。

不要理光头（2005.9.11 周日 晴，高温）

很长时间又没给行行记日记了。9月1日下午上完课回来，外婆说行行发烧上医院了，妈妈大吃一惊，因为此前行行的生活一直很有规律，吃饭、睡觉、玩各方面都挺好。医生说是感冒。当晚，行行一直发烧，晚上7点多至第二天上午8点一直烧，上午又去医院，医生说是扁桃体发炎。妈妈遂想起8月30日外公给行行理了个光头，一切都从那一天开始。头皮发热，发烫，我们一直没在意，谁知道是受凉了。妈妈真是粗心大意。

9月2日上午，打了针就退了烧。这天是外公的生日，也就这样过了。9月3日上午回学校。4日、5日继续吃止咳颗粒、消炎药。6日开始又咳嗽，又吃药。小小的行行这几天吃了许许多多的药，哭着喊着拒绝喝药，真让人心痛。

昨晚咳嗽加剧，今天早晨也如此。今天上午又到市中心医院检查，诊断为病毒性咽炎，仍然是上呼吸道感染，嗓子里还有泡，又需要打针、吃药。"不打针、不吃药"这段时间几乎就成了行行的口头禅，可是没办法呀，儿子。本来想回来打，可是一楼的小阿姨一连扎了三针也未能打上，下午又去中心医院，又打了两次才打上。可怜的行行，今天真是让你受苦了，连抽血、皮试，今天一共扎了七针。妈妈只恨自己不能替你受苦。也许，这一切都是因为妈妈的罪过引起的。

行行，今晚好好睡一觉吧，愿你明天早晨醒来就健康如初，所有的疾病都远离你！I love you，妈妈的乖宝宝！

操纵语言的乐趣（2005.9.22 周四 晴）

到9月15日，所有的药都停了之后，外公坚持给他做了几天按摩，行行的咳嗽才彻底好了。真是让人揪心的半个月啊！

现在，每天上、下午按时和外公一起出去玩，吃、睡都很有规律。这段时间最大的进步是会认很多字了，墙上的那些汉字（几十个）都会认了，英语的26个字母也会认了。他大约是想体会操纵语言的快感，特别喜欢故意把某些字的发音说错，说错了惹自己、也惹别人发笑。他把"大河向东流"改成了"小河向东流"，把"I love you"说成"I 拉不 you"，乐此不疲。

他还创造了很多有趣的说法，比如，1+大=大，1+小=小，一个人念念有词，几乎不住嘴地说。偶尔还会冒出几句特别懂事明理的话。他的袜子穿破了一个小洞，他指着这个小洞说："行行好朴素！"天健、天行来我们家玩儿，脱掉了外衣，妈妈让他叫弟弟穿上，他小大人似的拎着衣服递给健健说："健健，穿衣服。"声音不大，奶声奶气的，听着特别有意思。

外公问他："风是干什么的？"行行答："风是飘的。"外公问："雨是干什么的？"行行答："雨是打雨伞的。"他还知道诸如花是看的，水果是吃的等。

妈妈没有教过他，问他：肚子里面装的是什么？行行答：装的是饭。妈妈指着他的额头教行行：这里面装的是聪明、智慧，行行听后咯咯直笑，然后再问他，他就记住了，答曰：智慧。

研究表明，在愉快的家庭气氛中，孩子的语言能力提高更快。在这种气氛中，他们可以练习已经知道的东西，并且继续尝试一些别的东西。善于聆听一直是父母能够给予孩子的最重要的礼物之一。

🧁 猴子捞月亮光（2005.9.29 周四 阴雨）

行行可以熟练地运用一些连词了，比如"因为""然后"，一些简单的原因他可以用"因为"来回答，他的玩具手机唱歌的声音很小，爷爷问他为什么小，他说：因为没有电了。复杂的原因他说不上来，但只要一问"为什么"，他就必答"因为"。

妈妈给行行讲猴子捞月亮的故事，讲完了，妈妈问他猴子们在水里捞的是什么，行行答曰：月亮光。他知道不是真正的月亮，而是月亮光。妈妈告诉他是"月亮的影子"，过后才发现"月亮光"还好一些呢。

他现在睡觉之前都要妈妈给他讲一会儿故事。比较喜欢听的有《太阳娃娃》、《小兔子找太阳》、《苹果睡着了》、《真干净》，都来自亿童VCD，另外，像《三只小猪》、《猪八戒吃西瓜》、《乌鸦喝水》、《小猫钓鱼》、《小马过河》、《三个和尚》都爱听。

行行体验到了操纵语言的乐趣，他使用得最熟练的句型是"辣妹子辣妹子不怕辣"，行行把它改变为各种说法，他把"辣"改成形容词：苦、烫、甜之类的，也改成动词：打、尿……另外，像"雄鸡子雄鸡子雄上坡，横鸡子衡鸡子横下坡"他也灵活地改动主语和宾语，比如他自己上、下坡的时候，他就说成是：行行行行横下坡。特别好笑。

今天随口问行行，2+2=？他很流利地就答曰：4，爸爸笑他是蒙对的，看样子他是真的知道，晚上又变换方式问了几次他都知道是4。

感谢上天赐予我们这么聪明可爱的孩子！

🧁 有电与没电（2005.10.7 周五 晴）

随着语言能力的提高，行行更加可爱了。有一次，妈妈出去了一整天回来后，他依偎到妈妈怀里，仰着头笑眯眯地说："妈妈，I love you！"像是一天没见到妈妈要好好地表白一下似的。

他的感觉也十分敏锐。脚底下踩了一粒西瓜子，他穿的是厚厚的运动鞋，他老是问妈妈：什么，这下面是什么。妈妈告诉了他。过了一会儿，他又踩到一粒饭粒，是他吃饭时撒在地上的，他又问：什么，什么。爸爸给他擦了鞋底，可还是一走一粘的，行行说：真奇怪。他可以说很多这样表示感叹的短语了，比如：

真好笑，好有意思。还喜欢说"特别特别"，比如说"特别特别地好吃"、"特别特别好玩"……

他学会了唱国歌，吐字准确，调子也大致不差，而且唱得很高亢，很有唱国歌的架势。好笑的是，他有时故意用有气无力的声音唱：辣妹子辣妹子辣辣辣，然后说："没电了。"然后又用特别高亢的声音再唱一遍，大声地宣布："有电！"

🧁 怕星星，不怕月亮（2005.10.15 周六 晴）

今晚来了一位客人——爸爸的同事徐阿姨，行行居然无师自通地说了声："徐阿姨，请坐！"真是令我们惊讶。

行行自己学会了不少字，比如"花""净""开""报名处"，他通过各种渠道，有时是从墙上的画上看到的，有时是在电视屏幕上，有时是在外面看招牌，这孩子，真是有过目不忘的本领啊！

妈妈问行行：长大了，我们坐飞机去看小姨，好不好？

行行说：怕。

妈妈问：怕什么？

行行说：怕星星，不怕月亮。

🧁 行行两岁啦！（2005.11.10 周四 晴）

我们可爱的宝宝今天两岁啦！中午我们邀请了境零阿姨、陈叔叔——行行最喜欢的叔叔阿姨来吃生日蛋糕。妹妹的奶奶也来了，一大桌子人，行行很兴奋，因为吃了一块蛋糕，他不想吃饭了，就围着桌子转来转去，说："今天好多人！"他自己也唱：Happy Birthday!行行对蜡烛也很感兴趣，要亲自点蜡烛。

和一年前相比，行行从一个婴儿真正地长成了一个小大人了。现在，他几乎什么都会说了，一般的日常表达，包括连词、形容词，甚至成语，都可以用一些。他会背诵半本"三字经"，会记一百多个英语单词，会认好几十个字，26个英语字母全认识，可以准确地在拼图上拼出来，会背几十首古诗。

不过，妈妈还发现，这些东西需要经常复习、巩固，比如，英语单词一段时间不复习，有的行行就忘记了。也难怪，他每天要学多少新事物啊，没有遗忘，也就没有记忆。

他也会写横竖，妈妈写一、二、三，他会添加成十、≠、丰（加号、不等号、丰收的丰，我发现行行对符号特别感兴趣。大部分标点符号，+、-、×、=、≠他都认识。），他会在写字板上画气球、苹果、太阳。

有一天，他照着画画书上一步一步地画，"先画一个小烧饼，再分两半"，然后"左右摆上橘子瓣"（长耳朵），下面本来应该画眼睛、鼻子、嘴巴，所谓"芝麻绿豆沾饼面"，但行行没按书上的来，他在这个大致的人头上长了很多"头发"，然后说："爸爸洗脑壳。"（他跟奶奶学了许多方言词儿）妈妈一看真是乐坏了，说得真像！他居然有了这样的抽象能力，而且根本没有教他，也没有启发他。

妈妈翻看了行行一岁时的日记，和那时相比，现在的行行省事多了，基本不用单独给他煮饭，只给他做合适的菜就行了。

本来，前段时间外公在这里的时候养成了很好的饮食规律，一日三餐，一杯酸奶，一杯牛奶，很有规律，那段时间行行也长胖了。

现在每次吃饭时基本上只有妈妈和奶奶在，所以他吃饭不很规矩了，喜欢跑着吃，吃到一半，就跑开了，大人得追着喂，不过吃得还可以，不算很少。他还喜欢吃鱼，吃虾球，吃肉肉，有一次还对我说：妈妈煮点排骨汤。他也喜欢喝汤。他长得虽然不胖，但很结实。现在大约28斤，身长87cm以上。晚上睡觉也比较香，就是有点蹬被子。

很久以来，他就不睡午觉了，一般晚上5点多睡觉，早晨7点左右起床，很有规律。睡觉也不用像以前一样辛苦地去哄了，以前只认爸爸，还非得摇着，晃着，现在基本上是看一会儿碟让他先安静下来，然后，妈妈和他到床上讲故事，有时候瞌睡来了，一个故事没讲完他就睡着了。晚上尿两次尿，吃一次牛奶，一般都能睡一夜。有时早晨醒得很早，5点多他就要尿尿，尿了就醒了，然后在床上翻来翻去，妈妈有时会命令他闭上眼睛，他很可怜地带哭脸地说："睡不着，睡不着。"妈妈这一点做得不好，睡醒了还逼着他睡，是妈妈的专制。妈妈以后不这样了。

白天的活动本来可以更丰富多彩的，但因为爸爸妈妈忙，又受到地理位置的限制，有时候反而有些单调了。7点多起床之后，吃饭洗脸收拾好了，他就闹着要出去，自己跑去把门打开，外公以前经常和他到淡泊湖、新校区去，走很远的一段路，路上的风景、灯、超市，他有的爱，有的怕，怕的时候要藏在怀里。（玩玩具的时候，他经常玩一会儿就说怕，不知道他为什么会怕，怕一会儿又照玩不误。）

凡是去得少的地方，他都觉得新奇、好玩。现在，奶奶带着他只在老校区转悠转悠。我猜他肯定觉得不满足，上周六，妈妈带他出去时他非闹着要去鼓楼商场，还喜欢念叨："家在新房子里。"说明他还是喜欢热闹的地方。

中午吃饭，然后下午又出去玩一次，中间在家里的时候玩球、看书、画画。他还特别喜欢洗菜，瞄准机会就把菜拿了往水斗里放，可能是对玩水感兴趣。

每天晚上，妈妈或用手抓住行行的小脚丫入睡，或摸着他的小屁股蛋入睡，心里都觉得甜蜜蜜的，很满足。这一种妈妈从来没有体验过的幸福随着行行每一天的成长也每天都在更新。行行让妈妈体验到了幸福的滋味，还让妈妈逐步地明白了什么是责任，什么是踏踏实实的生活，对不切实际的妈妈来说，这是尤为可贵的人生经验，从其他的地方都无法获得的人生经验。所以，行行，妈妈应该谢谢你，你让妈妈真正地成熟，经历了内心的成长而成熟。

行行，听着你均匀的呼吸，妈妈无声地笑了，愿你睡个好觉，做个好梦！每一天都健康、快乐！就像你爱唱的那首歌一样：小松树，快长大，阳光雨露哺育

它，快快长大，快长大！

任何人要想教育好自己的孩子，必须要有热情、恒心和与之同甘苦的毅力，因为社会和法律对每个父母的教育方式并无约束，所以为很多做父母的人带来了绝对的自由，而绝对的自由往往会引起职责的松懈和道德的堕落。

—— [日]木村久一

三、三岁童子（2～3岁）

🧁 学会自理（2005.11.23 周三 晴）

前几天，行行已经愿意自己蹲下来尿尿了，他觉得很有趣，一说要尿尿，就飞快地跑到厕所，完全不需要大人帮忙了。

只要他再学会自己吃饭，上幼儿园就没什么可担心的了。

🧁 为上幼儿园做准备（2005.12.3 周六 降温）

前几天行行又学会了自己用杯子喝水，端着喝。亿童光盘上有一首小水杯的儿歌：小小花水杯，装满白开水，宝宝最聪明，自己会喝水。他喜欢看，然后试着自己喝，大部分时间可以不弄湿衣服，可他喜欢端着水杯跑，一跑，水就洒在地上了。

等过了元旦，一定要狠下心来让行行自己吃饭，得为他上幼儿园做准备了。妈妈心里还是有些犹豫，两岁三个月就把行行送去上幼儿园究竟是不是对行行负责？是为了自己的时间充裕一些，还是为了行行的健康成长？妈妈扪心自问，是两个因素都有。现在外公不在这里，爸爸妈妈都很忙，只能做到让行行健康、安全，根本没有教他一些什么新东西，包括与人相处。

爸爸认为呆在家里反而养成了许多坏习惯，不如早点去幼儿园，学会与小朋友们在一起玩儿，学会理解生活中的规则，也有更丰富多彩的活动与游戏。妈妈是赞成这一切的。看了网上的一些讨论，也认为早点上幼儿园对孩子是利大于弊。首先妈妈得下定决心，然后在吃饭、与陌生人相处等方面有意识地培养行行。社会化这一步是早晚都得迈出去的，也许早点比晚点还少一些痛苦，越小，可塑性越强。

妈妈首先要学会坦然地与人相处，要从心底里做到与人为善，不要眼睛里容不下沙子。按照张阿姨的解释，孩子性格上的缺陷（三岁以前）都得归根于父母，姑且相信这种说法，妈妈得首先做好榜样。

行行的生活不如外公在这里时丰富了。幸好，他自己还会变着法子玩，赶鸭子、打台球是这段时间玩的两个主要游戏。只要风和日丽，在外面玩最好，行行也高兴，大人也轻松，妈妈也不用担心他的活动过于单调。可是，从明天开始就要降温了，冬天还是在家的时间多，看来，妈妈还得好好学习亿童教材，多教给行行一些游戏。

尽管如此，行行每天都是快乐的。

多少钱一长？（2005.12.11 周日 有风，冷）

行行放了一截彩带在秤上，问：多少钱一长？因为他以前问过多少钱一斤，多少钱一个，大约认为彩带既不能用"斤"，也不能用"个"，所以就用了一"长"。

行行这段时间老是念叨外公，看样子是想外公了。"这是我和外公俩来玩过的"，"这是外公教的"，"外公唱的"，他就这样念叨。今天，妈妈指着窗外一头胖猪，几个人正在把猪往卡车里揪，行行说："他们拿去做猪肉的"，真是吓妈妈一跳。妈妈问他怎么知道的，谁告诉他的，他回答说是外公，不知是否真是这样。这小家伙懂得的事情真是多啊！

昨天，爸爸妈妈带行行参加数学系一个叔叔发起的聚会，起初一进包厢，看见都是不认识的面孔，他就闹着要走，带着哭腔，后来用桌子上的棒棒糖、花生逗了逗他，行行也就勉强留了下来。过了一会儿，张阿姨、陈叔叔来了，他就完全放松了。他吃饱了还给桌子上的每个叔叔阿姨分菜，自己还拿起勺子"表演"了几下吃饭，好赚张阿姨的夸奖。

下午又逛超市，买了一副小台球桌，回家时还给奶奶买了一个生日蛋糕，行行今天玩得真开心。

豆豆姐姐和哲兢哥哥都是过了两岁就上了幼儿园，叔叔阿姨们都说两岁多可以上了，爸爸也说要上，过了年还是让行行上吧，妈妈还犹豫什么？因为现在家庭这个空间对于行行来说已经太小了。

🧁 有点不快乐（2005.12.28　周三　多云）

行行这个阶段的语言特点是喜欢自己来解释一些词语，按照他的经验。他把"凤仙花"解释为"长在缝里的花"，诸如此类。

他充沛的精力天天不能尽情地挥洒出去，行行说："我们家不宽敞"，的确如此。没有新奇的玩具，也没有新鲜的书、故事、游戏，似乎一切都很乏味。行行也认为"**学院不好玩"，向往着去新房子。也许是因为这些原因，他晚上有些爱闹。哭起来丝毫不讲道理。

行行今天早晨起床之后，不知何故，穿衣服时又哭闹起来，烦躁至极的妈妈打了他的小屁股。作为报复，他把尿尿在了床上，结果不仅尿湿了被子，还尿湿了裤子、衣服的下摆。真是郁闷之极。行行从来都没有尿床的先例。

这样的话真不该写在行行的日记本上。因为只要行行哭过了，仍是开开心心的。天也变得冷了起来，别打算做别的什么"大业绩"了吧，只要能把行行照顾好、健康、平安，也就有福了。

🧁 妈妈的反省（2005.12.31　周五　雨）

昨天，星期四上午，带行行出去打了流脑A+C疫苗，不知是A+C太厉害，还是怎么回事，行行中午吃饭还吃得挺好，下午也玩得开心，晚上却一点胃口也没有，一口饭也不吃，哄了半天也只吃了几口。

因为他中午吃得不少，我们也没勉强他吃。六点钟不到就睡了，可睡得不踏实，说梦话，还翻来覆去的，八点钟就醒了，说要吃牛奶（妈妈问他的），妈妈刚把牛奶冲来，行行躺在床上轻轻一咳嗽，就"哇"的一下把上午吃的苹果、中午吃的饭菜全吐了出来。漱了一下口就躺在妈妈怀里沉沉睡了。也怪妈妈糊涂，担心行行嘴里不好受，准备用纱布给他洗洗嘴，谁知手刚一伸过去又惹得行行吐了很多水出来。他也没怎么哭闹，睡了，三点半到四点半左右玩了一小时，喝了150ml牛奶，一直睡到今天早晨七点半。半夜里有一阵子屁股发烧，和上次打疫苗时的反应一样。

今天早晨不想吃早饭，奶奶又重新煮红枣莲子粥，妈妈还给他炒了些紫菜苔。十点钟又吃，行行倒是吃进去了半碗。可后来又全吐了出来。这一下子就闹了起来。一直到下午两点，总算吃了一碗白稀饭。

晚上又没胃口，吃了一点白稀饭，睡前喝了120ml牛奶。妈妈下午去中心医院给他买了"醒脾养儿颗粒"回来，他乖乖地吃了两包，又在肚子上贴了一个脐贴，现在行行差不多睡了两个小时了，很踏实，身都没翻一下，看样子比昨天要舒服多了。好儿子，好好睡一觉，明天早晨醒来健康如初！

妈妈现在才明白，行行的健康快乐就是妈妈的魂，只有行行每时每刻都健康、快乐，妈妈才是一个完整的人，才有可能看得进去书。如果行行哪儿有一点儿不舒服，妈妈就掉了魂，什么事情也干不成了。妈妈不知这样子是否对行行有影响。妈妈还在和小姨说，其实每个孩子都有上帝赋予的成长能力，其实，这话也同样适用于行行，神灵庇护着每一位孩子，也会庇护行行。

尤其是妈妈，既然你已经知道行行的一切也都是和你息息相关的（我在行行床前凝视着熟睡的行行，突然惊了一下，行行睡得很香，也几乎同时惊了一下），为什么不在一切事情上择善而为之呢？一定要改掉坏脾气和任性、心血来潮的坏毛病。

🧁 辞旧迎新（2005.12.31 周六 多云）

今天是2005年的最后一天，过得真快呀！行行转眼间就成了一个小小伙子了（用行行自己的话说）。行行还不喜欢别人称他为小宝宝呢，他偏要说奶奶是小孩，行行是大人，是小大人。真的是个小大人了。50套有一位新来的阿姨说行行的眼神特别像大人，和一般的孩子不一样，妈妈也觉得是这样。

但行行现在特别顽皮，并不像大人一样规矩，简直是一分钟不盯着他就不行。家里没有他不去的地方，床下，他可以趴在地上钻进去大半个身子在里面找东西；高处，他可以踩凳子。他运用工具的能力还真不赖，十分"善假于物也"。踩着椅子上阳台、看窗户，踩着凳子去开门。

听奶奶说，他有一次居然从凳子上爬到阳台的桌子上，躺在阳台与卧室之间的那个窗户上怡然自乐。真是危险啊，但他不知道。我们说"危险"，对他也无济于事，抓米、择菜、洗菜、把菜往锅里放，都要去试一试，还自诩为"奶奶的小帮手"。因为碟片上有帮妈妈洗菜的这个故事，怎么也禁止不了他，想来还是环境所致，家里就这么大的范围，奶奶又常常在厨房忙活，对他来说，只有这些他以前没有玩腻的游戏才能激起兴趣，再过两个月，真的是可以让行行上幼儿园了。

行行今天的胃口好了些，下午时，脸色也露出了一些红润，人也精神了，看来是恢复了。行行一好，妈妈的心情也好了，昨天下过久旱之后的一场小雨，把树和草都洗得很有生机，感觉似乎是早春了呢。

祈愿行行在2006年健康、快乐、聪明、善良、和群！

祈愿行行能尽快地融入到幼儿园这个群体中去！行行现在也在尝试着和小朋友们一起玩，妈妈带着他出去了几次，主动和小朋友玩，到别的小朋友家里去，虽然是怯怯的，但还是在慢慢地接近，不像以前那样见了就躲，就哭。妈妈已经放松了自己与人相处的心态，但愿行行也能快乐地迈出这一步！

🧁 长到老爷爷、老奶奶那么大（2006、1、8 周日 晴）

行行喜欢在工会活动室里看激光灯。他说像是足球一样，可是老也不亮。妈妈告诉行行等他长大后可以自己去唱歌跳舞时，就有很多激光灯了。行行补充道：长到老爷爷、老奶奶那么大时就可以了（因为工会里的老爷爷、老奶奶特别多）。妈妈大笑。

行行以为妈妈在吃东西，妈妈张开嘴，告诉他：除了牙齿，什么也没有。行行说：还有舌头呢。孩子比大人说得更准确。

行行对成语也产生了兴趣。这几天偶然听到的一些成语，比如马马虎虎、人心惶惶，都引得他大笑。

这一阶段，行行产生了叛逆心理。我们说什么话，他都要和我们唱反调。奇怪的是，有时候用多重否定的时候，他居然一点也不会迷糊。他有时说：不喜欢奶奶。奶奶说：不喜欢奶奶不棒。行行说：喜欢奶奶不棒。诸如此类的，有时简直像在说绕口令。

昨晚，CCTV-10有一个节目是小朋友用英语做自我介绍及表演节目。行行居然听懂了那个外国评委说的six等几个单词。

行行对主语、宾语的颠倒居然很准确。妈妈说：妈妈给行行洗脸。行行偏偏要说成：行行给妈妈洗脸。

🧁 行行上幼儿园了！（2006.2.13 周一 晴）

从2006年2月6日开始，爸爸妈妈几乎每天都带着行行去他的幼儿园——忆童希望之星幼儿园去玩。那里装修得很漂亮，行行很喜欢。他不仅喜欢那里的环境，也喜欢老师们，很奇妙，一见面就要老师抱。

今天是2006年2月13日，农历正月十六，行行正式上幼儿园了。早晨，他睡了一个大懒觉，8:30才起床，所以没赶上去幼儿园里吃早餐。在家里吃早餐，收拾完毕后，妈妈把行行送到幼儿园已经10:00了。

生活老师陈老师一把把他接过去，他就乖乖地随着陈老师去看园子里的画，和陈老师说话。妈妈在门口站着看了一会儿，行行看到妈妈了，又要妈妈抱。妈妈抱了一会儿，还是让他和陈老师一块玩儿，此前，我们一直跟行行说，他自己也重复：爸爸上班，妈妈上课，行行上幼儿园。他大约以为我是上班去了，也没太找，妈妈就走了。

虽然还是放心不下，但必须走！也许，一会儿行行找妈妈了会哭，那就哭一会好了。妈妈必须狠下心来过这一关。"你们的孩子，都不是你们自己的孩子，乃是生命为自己所渴望的儿女。"行行需要更广阔的天地，和老师、小朋友在一起尽情游戏、自由成长的天地，而不是天天被我们捧在手心里！乖儿子，妈妈的心肝宝贝，勇敢一些吧。在你尚柔弱的时候，妈妈给了你百分百的呵护与关爱，现在你的小腿已经走得很稳当了，你的小嘴基本上能自由表达你的感受了，去吧，像小鸟一样学着飞翔吧！妈妈从心底里给你鼓励，给你加油。行行，好样的！

行行发现取暖器也有脚，妈妈说："是的，很多东西都有脚"，行行马上说："时针、分针、秒针。"

行行说："行行是奶奶、爸爸、妈妈的小主人，煮饭的'煮'"。

行行躺在床上吟了一句诗"浪花轻轻翻"，妈妈夸了他，他又添上一句："鱼宝宝睡着了"。看样子，读童话给他听很有效果啊。

🧁 "问题往往发生在革命的第二天"（2006.2.14 周二 多云）

行行昨天一天的表现都很好。晚上，妈妈去接他时，他撇了撇嘴，没有大哭，抱了一会儿就好了，回家的一路上也挺开心。可今天就不行了，早晨起得很早，七点就醒了，妈妈给他穿好了，喝了牛奶，吃了鸡蛋，然后准备去幼儿园吃早餐，他不像昨天那样愿意了，还有点想向后退。

去幼儿园洗了手之后，陈老师带他去吃早餐，妈妈就走了，好像听到他在哭，妈妈还是走了。准备去上班，走到中途，老师打电话说行行尿了裤子，得去送裤子。妈妈站在外边看了一下，行行没哭了，也就没进去。换好后，拿了就走了。

十一点时，妈妈打电话问刘老师，说他还在小声哼哼，也很沉默。看样子，昨天高兴得太早了，昨天还是糊涂的，今天知道是怎么回事了。这是一个必经的过程，对行行来说也许有些残酷，但也必须这样。勇敢的行行，你是小小男子汉，会过好这一关的。

🧁 反抗（2006.2.20 周一 晴）

上个周的后三天，行行的表现都还说得上是一般，也不想去，但最终还是去了，也哭，但眼睛基本上没有红肿，不像有的孩子那样。星期五早上，妈妈送去之后，玩了一会儿才走。走了之后，行行大哭，妈妈其实还躲在窗户下面车的后面看，只见刘老师拉着抽抽搭搭的行行出来找妈妈，一直走到附小门口，没找到妈妈才回来。

晚上妈妈去接的时候，行行没有了撇嘴要哭的表情（只有10秒钟左右，可以"忽略不计"了）。吃完饭，行行还带妈妈参观了他的小床，还让妈妈在他毛茸茸的小床上蹭一蹭，回来的路上，爸爸问他学了什么游戏，行行轻轻地快快地说："捏拢放开"，还笑了一下子，他可能觉得这个游戏还挺有趣的。

周六、周日两天，行行的反抗情绪很强烈。周六，他刚起床就哼唧着要洗脸洗脚上床，也不出去玩，说："太阳还没出来。"周日就更厉害了，他九点钟醒了，赖在床上不肯起来，还哭着不让穿衣服。十点钟，爸爸强行给他穿上了衣服，作为"报复"，他连着尿了两条裤子。一边哭一边说："一会儿穿好了妈妈抱。"妈妈看了真是心痛，真想妥协了，还是爸爸理智一些，他说："不行，这个学期，一天都不能少！"好在行行起床之后马上就没事了，仍然玩得很开心。

妈妈在这样原则性的问题上总是有些感情用事。这是不行的，必须放手，"含在嘴里怕化了"的孩子是没有出息的，要想行行有一个光明的、美好的未来，必须在该狠心的时候"狠心"。不要担心他吃不饱，饿了，他总是会自己用勺子的，不要担心他受别的小朋友欺负，没有这种经历，他就始终不懂得保护自己。只要保证行行是安全的，健康的，就该放心地让他自己去经历。

今天早晨，行行虽然也说"不上亿童幼儿园"，但没有哭闹了，只说："妈妈陪行行"，"一会儿我们去鼓楼、去护城河边"，"一会儿了我们回家"，妈妈陪着他上了半节课，也许今天在妈妈的身边，有安全感，刘老师上课的时候，他很专注，也觉得很有意思。妈妈转身走了，不知道他哭了没有。

🧁 行行认字（2006.3.19 周日 多云转风）

行行认识很多字了，他经常认半边字。"吉祥院"行行读作"吉羊院"；"目录"行行读作"日球"；"复读"行行读作"夏读"。

外公教行行做自我介绍，行行饶舌地说："嗨，大家好，我是快乐班的外公。"逗得我们捧腹大笑。

行行会认100多个字了。

🧁 更喜欢大自然（2006.3.24 周五 晴）

从上周一（3.13）开始，行行上幼儿园已经能主动和妈妈说再见了。这周以来，表现就更好了，早晨醒了能开心地起床了，不再像以前赖在床上哭闹，或是拿脚盆洗脚上床，可以和他一起谈论上幼儿园谁送谁接的问题了，早晨不再坚持非要妈妈送不可了，这周基本是爸爸和外公送的。晚上九点半听到军区的熄灯号就乖乖地躺下睡觉，比前段时间听话多了。

行行唱歌

爸爸唱早教机上的谱子，行行唱歌词，唱《春天在哪里》《新年好》《娃哈哈》，他不仅能和上爸爸的节奏，而且声音洪亮、高亢，真是其乐融融啊。行行喜欢像在幼儿园里一样让家里所有的人都参与节目。他让爸爸坐在前面弹琴，外公、外婆、奶奶、妈妈都坐在沙发上，坐成整齐的一排，他自己也赶紧坐在沙发上，一起大合唱。他还监督看谁不积极，他指着外婆、奶奶说："你们两个也唱。"

上个周末（3.18和3.19），我们回学校了，三个月没回去了，行行感到很兴奋，家里因为地板翘了一部分，家具也发生了一些变化，他觉得似是似非。最高兴的仍然是到外面玩，到草地上玩。三个月前，他都不要奶奶和他一起玩，这天竟不声不响地就牵着奶奶的手到外面去了，在草坪上尽兴地玩了好久。

真是鱼与熊掌不能兼得啊，市区幼儿园的条件是好一些，可是失去了每天与大自然亲近的机会，唯一的去处是护城河畔，可那河畔的几株垂柳和几块草地，与校园一比真是可怜。有什么办法呢？只能这样选择。

※三月底，行行在幼儿园体检，身高93.5cm，体重30斤，还被评为"健美儿"。29日，本来专家要来进行智力评测，以评测成绩参加市健美儿大赛，因为行行发烧没上学，错过了这次竞赛。

🧁 身体的反抗（2006.4.12 周三 降温，有大风雨）

行行3月25日上完亲子课回来之后，可能是受了凉，加之下午又洗澡、洗头，从晚上就开始发烧，爸爸说是因为盖多了，妈妈也没给他量体温，早晨觉得不对劲，一量竟然烧至38.8℃，粗心大意的爸爸，迷迷糊糊、没有主见的妈妈！

26日和27日在市中心医院打针。26日打完针退了烧，晚上又烧，27日打了针也没退烧，直至晚上出了一阵大汗，烧才退去。期间喝了护彤、泰诺、解表颗粒，还有另一种退烧药，可能是药喝急了，药物相互发生反应，从28日至4月3日，行行虽然退了烧，却老说肚子痒痒，大哭起来没法止住，晚上哭，白天也要哭几场，到市中心医院去了两次，甚至准备去住院，医生看了，见他满身大汗，只说是缺钾，心里烦躁。真正是令爸爸妈妈手足无措，不知如何是好。闹了十天才平息下来。妈妈如同经历了一场大病，身心俱疲，一切都无法用言语来表达。

今日气温骤降，前几天均是十几度到二十几度，25℃、26℃、27℃，今天只有7~13℃，风很大，行行又不戴帽子，早晨将他抱至门口，见实在是冷，他也哭闹着不出去，索性就没去幼儿园。妈妈怕冷风一吹他又适应不了。行行病了几场，妈妈觉得自己的神经变得脆弱不堪了。

行行，我只希望以后当你读到这里的时候，能够更加珍惜自己的生命和健康，你从一个51cm、6.9斤重的婴儿一点一点地成长起来，是多么的不容易，爸爸、妈妈，还有外公、外婆、爷爷、奶奶付出了多少心血啊！

🧁 结束错误的决定（2006.4.16~2006.4.22）

行行又病，又打针，咳嗽一直持续到"五·一"之后。最终还是适应不了忆童幼儿园，因为他在风景优美的校园中长大，这里的草坪、操场甚至淡泊湖他都熟悉，校园里的爷爷奶奶们都亲切地和他打招呼，还有小朋友也都熟悉，而市区里一切环境都是陌生的。

行行要回学校，回来了他觉得自由自在，也不强求了，也许到市内上幼儿园本身就是一个错误的决定，那么就终止这个错误的决定吧。无论如何，行行的健康是最重要的。

曾经有心理学家讨论过内部秩序与儿童疾病之间的关系。儿童具有外部的和内部的两种秩序感。这种他们建立起来的秩序感被破坏后，他们会经历失调和痛苦的内在冲突，甚至会导致疾病。妈妈觉得把行行带到一个陌生的环境中生活，而且上幼儿园，也许是他生病的根本原因。

🧁 重返大自然（2006.5.25　周五　晴）

"行行的妈妈在哪里？"

"妈妈，看花！"

行行每次回来不是找妈妈在哪里，就是向妈妈展示他的收获——通常是一朵小野花、一片玉兰花瓣，或是其他的什么。一开门，就是行行那迷人的笑脸，伸向妈妈的捏着小花或是花瓣的小手，和他那迫不及待要对妈妈倾诉的脆生生的童音……真是无与伦比的幸福啊！还有哪一刻能比这一刻更幸福、更满足呢？行行，你是给妈妈以希望的天使，前一段充满阴霾的日子，要不是有始终快乐的行行，真不知该怎样熬过来……妈妈又找到了希望与目标。有行行，妈妈就永远不会气馁。

行行这段时间胃口好、睡觉香，长得也快，看着看着就长高了。晚上躺在床上睡觉，妈妈给他盖被子，真是有一种吃惊、惊喜的感受，怎么有这么长的一个娃娃躺在妈妈的身边？

行行现在感兴趣的是认字、写数字。他认识的字真是多，外公教的多一些，有时听着他不知不觉就能自己读一首又一首的儿歌了，妈妈都为他的能力感到惊奇。数字，行行可以写1、2、3、4、5、6。他是倒着写，8是画两个圆圈在一起。行行自己还会造出好多字。比如，他想写"小不点超市"，他只会写

"小"，写了"小"之后，他就随心所欲地再画四个自造的字，然后指着读"小不点超市"。妈妈说行行造的也是象形文字，他还笑个不停呢。

吃瘦肉时，行行问："今天怎么没有胖肉呢？"

行行现在成了一个小问号，问题特别多，特别喜欢问这个字、那个字怎样拼写。告诉他一遍他就记住了。比如"瘦"，妈妈说是"病"字头，他下次就知道了。

爸爸妈妈和好吧（2006.5.30 周二 晴）

爸爸妈妈为一点事生气了，虽然也说话，但心里总觉得不太妥帖。这天，行行和爸爸出去玩，老不回家吃饭，妈妈就去接他。行行高兴地扑过来。他突发奇想，把妈妈的手和爸爸的手牵到一起，要爸爸妈妈手拉手，他走到旁边。妈妈手一松开，他又给我们牵到一起。这神奇的感觉与举动究竟是源于何处？而且，这以后，行行再也没有"强行"地把我们的手牵到一起了，爸爸妈妈也释然了。

妈妈让行行以一棵参天大树为背景照相，行行看了一眼说："这棵树怎么没有天那么高？"原来他理解的"参天大树"就是有天那么高。

行行看着妈妈使劲擦桌子，突然笑眯眯地发了一句感慨："妈妈好大一个人！"他可能觉得妈妈使劲的时候与平时不一样，突然给了他高大、有力的印象。妈妈笑。

不要忽略我的存在（2006.6.18 周日 晴，37℃）

昨天晚上，行行和妈妈散步回来遇到陈阿姨，陈阿姨就和妈妈交流起育儿经验来。有四五分钟，我们都只顾着说话，没想到行行找了一个机会咧嘴哭了。晚上睡觉时妈妈问他为什么哭了，经过一些提示、猜测，行行表达了他的内心："因为行行不高兴。"妈妈又问："为什么？"行行答："因为陈阿姨没和行行说话。"真是语出惊人啊，小家伙！

今天晚上又遇到了蔚蔚和陈阿姨。蔚蔚发出邀请："行行弟弟到我们家去玩"。行行开始断然地说："行行不去！"然后又补充说："行行没有时间。"过了一会儿，蔚蔚又邀请，行行居然说："行行有点忙，没有时间。"我的天啊，没有人教他，这些话也许都是行行平时听别人说了记在脑子里的。孩子身边人的一言一行对孩子的影响真是大啊！

🧁 独自回家（2006.6.28 周三 晴，热）

行行能独自从5栋楼走回家了！

昨天上午11点，行行在外面敲门，外婆开了门，行行自豪地说："行行自己回家的！"外婆问："外公呢？"行行说："外公到张阿姨家去啦。"我们都以为是外公逗他玩，故意走在楼梯的后面。岂知不是这样！

几分钟后，外公气喘吁吁地上了五楼，连忙问："行行回来了吗？"我们才知道真的是行行独自从5栋楼回家的。原来乐乐哥哥来了，外公要送乐乐哥哥回张阿姨家，让行行在树荫下等着，谁知送完了乐乐回来行行不见了，外公赶忙追回来，行行自己已经回家了。

这小家伙，胆子还真大，从5栋楼回来虽然不太远，但加上上楼梯也不太近，又赶上小学生放学，车来车往的，行行还真行啊！

现在，行行仍然不怎么和小朋友们在一起玩，不知道上了幼儿园能否改一改。

行行会写好多字啦！

🧁 与妈妈分离一个多月（2006.7～2006.8 暑假）

这个暑假，妈妈实在太忙，去山东，接着又去香港。从7月8日至8月21日回家，一个半月的时间，期间，从山东回家后有几天在家。行行和奶奶、新请的谢阿姨、爸爸在家度过了一个暑假。

行行很健康，也很听话。爸爸说他一共只对行行发过三次脾气，两次是为吃饭，一次是为睡觉。

行行还不会表达对妈妈的思念，每次妈妈打电话回家，他都只会说"妈妈带大大的芒果"之类的话。

如何让行行自如地表达自己的想法，这是我们以后应当注意的问题，只能引导，不能整句地教，找出限制他的思考和表达能力的因素，然后逐个逐个地教会行行那些能力。

另外，从龚立人老师的书里学会了很重要的几点：

1. 面对一个问题时，提供好几种可能的情况让他选择。

2. 每晚睡觉前，总结当天值得表扬与批评的事情各一件。

（我试了一下，这一方法不错。）

3. 引导孩子自己表达自己，而不是包办代替。

行行的想象力

行行非常喜欢写字、画画，8月25日晚和妈妈一起画画时，他居然涂鸦了一幅场景（以前都是画单个的东西）。他先画板栗，然后又画了炒板栗的锅，还画了一个方形的煤气灶，然后在上面画了一道道线表示火。妈妈惊讶之余，连连鼓励他。虽然他画的都是平面的，但能大致地表达出来已属不易了。然后，他又画了水果店里秤苹果的秤、秤上的袋子、袋子里的苹果（他秤得1.5斤）。最能体现他的细心的是，他在上面画了两个大大的"耳朵"，妈妈问他之后才知道，那是塑料袋的提手。

妈妈回家的时候，是行行开的门。刚一打开看见妈妈，嘴撇了一下，妈妈笑眯眯地叫他，他也笑了。他简直不知道怎么亲近妈妈才好，那两三天的时间，行行须臾都不想离开妈妈。晚上睡觉时还要把脸贴着妈妈的脸。当然，也免不了故意撒娇的一些举动，比如，吃饭时还想妈妈喂一下之类的。如果遭到拒绝，他就觉得委屈，就想撇嘴。虽然这时候爸爸就要呵斥他，妈妈也知道他是无理取闹，可就是舍不得打他、骂他。毕竟，他是太想妈妈了，太想和妈妈在一起了。

他和妈妈在一起的时候，那种快乐、满足的表情简直难以用笔来表达。他会单单地叫一声"妈妈"，然后什么也不说，也没有什么好说的，就是用眼睛注视着妈妈。爸爸戏称他那是"含情脉脉的眼神"。这样的幸福，恐怕也就在孩子这么小的时候可以享受吧！

🧁 太阳膏，月亮膏，星星膏（2006.8.28　周一　晴，干燥，很久未下雨了）

今天早晨一起床，行行又撒娇。他要拉窗帘，爸爸拉开了，他不干，非要妈妈去拉。妈妈忍了好久，终于还是在他的屁股上打了几巴掌。妈妈告诉他：爸爸妈妈之所以打他，第一是爱他，第二是要让他养成好习惯，改掉坏习惯。不管他是否完全懂得，以后都必须坚持这样做。以前妈妈太娇惯他了，太注重他的身体发育而没怎么关注他的心理、性格。

前天参加聚会时，看见行行站在桌子边和另两个四五岁，六七岁的孩子玩，一下子竟然有了一种感觉：他已经是个小大人了呢。要学习做个好母亲，仅有爱是不够的，还必须有理性、智慧、耐心与技巧。其实，为人父母，也是一种挑战和考验，可悲的是，天下十有八九的人是在糊里糊涂地为人父母。

爸爸上学去了之后，妈妈一定要坚持有原则，有理性，实际上，我要扮演好父母两种角色，真的是需要动脑子了。

行行把妈妈的三支小化妆品命名为：太阳膏，月亮膏，星星膏，并对这一命名很满意。行行画了一只特别有趣的猫（已收藏），给它戴了一个蝴蝶结，并在旁边题写了一个"女"字，妈妈问："那么它就是一只女猫吗？"行行解释说："就是上女厕所的。"妈妈大笑。

看样子，行行已经进入了自由创造的阶段了。他不严格模仿绘画书上的图，只取其"神似"，凭想象自由添加，时时令人捧腹，因为都是超乎规矩的想象。比如，刚刚画了一只螃蟹，仿描了它的身子之后，他就自己给它画上眼睛，钳子，最后给他"长"了两条腿，而且让他的两条腿一个长，一个短。

行行读诗：妈妈让他一句一句地念，他觉得乏味，不横着念要竖着念。他念

"鹅曲红白"，"项掌毛"之类的。他并不明白这类组合有无意义，只是觉得好玩，念完了自己也大笑。有的句子比较拗口，行行说："怎么像一葫芦酒一葫芦油（代指绕口令）啊？"

教育家哈伍德指出，用纯科学的术语向孩子解释雨的形成原理，是毫无意义的，但是，如果你创造一个伟大的园丁式的上帝的形象，说他想给地球上所有的田地、平原、森林浇水，他从海中取水，就像人从井里取水一样。他让水轻轻地落下来，连最柔弱的花朵也不伤害。当所有的植物和动物喝了水后，又纯又甜的水又跑回到大海里——如果你用这种方式讲，孩子将会以自己能明白的术语看世界。

🧁 "南美洲"能吃吗（2006.9.2 周五 阴）

妈妈给行行买了一个地球仪回来，他很喜欢。今天早晨一起来就在床上转着看。妈妈让他找大公鸡中国在哪儿，他找不到。他观察了一会儿，问妈妈："这个三角形是什么呀？"妈妈一看他指的是南美洲，就告诉他，行行很高兴地接着说："我们在雅斯超市吃过黑米粥、小米粥。"他以为"南美洲"也是一种可以吃的"粥"呢。好小子，这个"洲"你可吃不下！

在孩子的头脑里，贮存的字虽然是比较有限的，但他能用自己这有限的积累去和外界的新鲜事物发生联系，这也是一种积极的学习。

🧁 和爸爸煲电话粥（2006.9.30 周六 雨转晴）

爸爸上学去了，妈妈特别忙，所以又近一个月没记日记了。这期间，行行上了本校的幼儿园。这次上幼儿园，行行很乖，从没有在外边哭闹过，而且很快就适应了（也闹过一次感冒和一次滞食，大约都是妈妈造成的）。到现在，他已经理解周一至周五都必须上幼儿园，所以每天早晨醒来，首先就问"今天星期几"，得知不是周六、周日后，他就有点儿想耍赖，还要睡会儿。起床了也要求玩会儿再去，这些妈妈都答应了，所以行行去幼儿园去得比较晚，9:00，但不那么勉强了。

行行会自由表达了！行行以前不会讲电话，总要有人教，不教，他就不会说了。可前天晚上，妈妈鼓励他想说什么就在电话里和爸爸讲，他突然很会表达自己了，完全不用妈妈教了。他首先回答了爸爸的提问"表现好"，"不喜欢下雨"之类的。妈妈和爸爸讲了一会儿，他又过来接过话筒对爸爸说："拖把坏了，外公又修好了。"他实际上是在向爸爸报告今天的"大事"呢。一会儿，又对爸爸说："今天晚上是洗脸洗脚还是洗澡呢？"这是在向爸爸征求意见呢。又一会儿，他又听见爸爸妈妈讨论电脑价格的事情，行行又问："爸爸买不买电脑？""要不要五千块钱？"俨然已经是我们这个家中的小主人啦。就这样，聊一会儿，想一会儿，一共聊了近20分钟。

行行也渐渐学会和小朋友玩了。点点、蔚蔚，都是他熟悉的。昨晚，蔚蔚来玩，临走时按照妈妈的吩咐邀请行行去他家玩，行行有点玩腻了，独自在电话那里玩纸盒儿。蔚蔚和他说话时，他不看她，只顾玩自己的，待蔚蔚说完后，妈妈提醒行行要回答，行行斩钉截铁地说了三个字："明-天-去！"

🧁 旧白天，新白天（2006.10.7 周六 多云）

行行今天早晨醒来问过了星期几之后，像个哲学家似的对妈妈说："白天过完了是夜晚，夜晚过完了又是白天。"他大约是感觉到白天和夜晚的转换很有意思。他像说绕口令似的把这一循环颠来倒去地说了好几遍。今天早晨开始的是一个新的白天。行行也明白，他说："旧白天过完了是夜晚，夜晚过完了是新白天。"妈妈告诉他春夏秋冬也是这样，他也以此类推，春－夏－秋－冬，行行说："冬天过完了，又是一个新春天。"为他的"旧白天"，"新春天"这样的新说法，妈妈奖给了他一个吻。

行行自己改歌词。他把"小济公"里的"南无阿弥陀佛"说成"懒懒的萝卜";把"妈妈的吻"里面的"女儿有个小小心愿"故意说成"女儿要买一条手链"。妈妈哄他睡觉,不敢大笑,憋在肚子里偷偷地笑。

这次的"国庆七天乐",行行的生活真是丰富多彩。10月1日—10月5日在市内过,他和佩芷一起去了诸葛亮广场、襄阳公园、动物园、汉江边、护城河边……这些地方其实只是热闹(说喧闹更准确一些,那些电动飞机、火车、秋千、小船之类的,名称各异,本质都是一样的,就是让孩子坐在里边转,对孩子没有多大好处。幸好,行行也不是很感兴趣)。

相比而言,行行还是昨天回到植物园玩得最快乐。植物园有盆景、根雕、奇石展览。他倒并没有欣赏这些,但是沿途的小花、沙子、竹林、鹅卵石、根雕花瓶、竹楼、竹摇椅,还有一个用石头做的琴……行行都挺感兴趣。孩子最好的乐园还是大自然。以后应该在不同的季节带行行到不同的大自然中去领略一草一木、一沙一石的妙处。

佩芷是一个适合都市氛围的孩子。她极爱坐那些电动玩具,看着她哭喊着还要坐的伤心模样,我觉得她的爸爸、妈妈以后应该少满足她这方面的要求,而应该花更多的心思引导她爱看书、爱画画、爱大自然。

妈妈说"崭新",行行问"崭旧"是什么样的。

行行有时候会表扬妈妈,用大拇指点点妈妈的额头,说:"妈妈,你今天的表现也很好。"

行行一看见妈妈平着脸(正常表情),就喜欢说:"妈妈高兴点,妈妈你高兴一点!"他最喜欢看妈妈笑,和妈妈最喜欢看他笑一样。

行行问妈妈:"妈妈,你会不会老啊?"这让妈妈好生奇怪,他怎么会想到这个问题呢?

行行说这几天幼儿园教的是"马舒卡"(一个布娃娃的名字),昨晚睡觉前他悄悄地吟出了其中的一个长句:他那红红的脸蛋好像玫瑰花。然后,他又补上一句"我们去采花"。但他总不肯将这首歌完整地唱下来。

🧁 为什么大家都说"我" （2006.10.24 周三 阴，小·雨，降温）

早晨，行行六点多醒来，笑眯眯、甜蜜蜜的样子，妈妈问："睡得香不香啊？"行行答："香。"妈妈问："做梦了没有啊？"行行答："做了，梦见爸爸了。"妈妈又问，他又答："和爸爸一起在大门口玩儿。"

看样子，他是真想爸爸了。之前，他也问过我："爸爸下次回来了还走不走啊？""爸爸下次回来陪我玩几天啊？"

然后他自己拟定：爸爸陪我玩七天。一会儿，他又说爸爸陪我玩二十天。孩子已经有了属于他自己的感情。真的是不能小瞧了孩子。爸爸在外求学，对行行来说，是一个莫大的损失，只有在这种时候，才更见"有得必有失"的真啊！孩子，爸爸的假期全属于你，好不好？

行行上了幼儿园，有很大的进步。很明显的是他的普通话标准了，现在他也乐意和妈妈说在幼儿园里的事情，吃了什么，唱了什么，读了什么，画了什么……他告诉妈妈，今天读了《悯农》，昨天又告诉妈妈学了《鹿柴》。

他很喜欢唱幼儿园里教的儿歌："幼儿园里真快乐，又唱歌呀又跳舞呀，爱哭的孩子不是我。你的笑脸像朵花，他的笑脸像苹果……"他很喜欢儿歌《马舒卡》，但唱不全，他告诉妈妈是一束鲜花的"束"，是一个布娃娃的名字。他还会学着老师的样子在电子琴上一边弹一边唱，能唱一句完整的乐谱呢！

行行也渐渐分得清"你""我"了，不再用"行行"指代自己了。这些代词在他那里是很新奇的。他很惊奇"为什么妈妈说自己也是我？""为什么外公说自己也用我？"他老是要问我们："你吃饭了没有哇？"然后在回答"我吃了"中辨析你、我之间的奇妙关系。

这样一个字、一个词的细节，在孩子的成长过程中于他是很了不起的事情、有趣的成长过程。如果能去记录、研究每一个细节，其实可以发现很多关于人的奥秘，只是我们都没有时间去这样做。

法默先生的"闹钟"（2006、11、2 周五 晴）

法默先生很喜欢睡觉。闹钟不响，他就不醒。可糟糕的是，最近他的闹钟坏了，所以这几天他总是很晚才起床。这对大公鸡雷德、驴子黛娜、奶牛克拉拉和大马哈里来说，可是件不幸的事情。因为法默先生不起床，他们就得饿肚子。

大马哈里说："咱们得给法默先生找个闹钟。"于是，大家商量了个绝妙的办法：大家在同一时间一起叫，就像一支管弦乐队。

第二天清晨，太阳刚刚在山顶露出了笑脸，法默先生的院子里就响起了一支动物管弦乐："喔——""哞——""呃——""咴——"

法默先生一下子从床上跃起，蹦了三尺多高："什么声音？"他说着往窗外一看，嗬！雷德、黛娜、克拉拉和哈里正抬头瞧着他，嘴里还在不停地叫着。法默先生笑着说："我有了一个多么奇妙的闹钟啊！"

从此，他又能准时起床干农活了。

（[美]凯瑟琳·马切特）

这是行行故事书上的一个普通的故事，可是，不知道为什么他对这个故事百听不厌。这半年来，每天晚上睡觉前都要听，哪怕是已经听了很多其他也很有趣的故事，在即将睡着的前一分钟，他也会很坚决地要妈妈再讲这个故事，听着听着就入睡了。很奇妙！妈妈的朋友张阿姨认为这个故事里面有很多拟声词，的确是很吸引小孩子的，仅仅如此吗？

满三岁啦（2006、11、10 星期五 晴）

今天是个特别值得庆祝的日子，行行满三岁啦！

妈妈最亲爱的宝贝，今天终于迎来了你的三岁生日。一千多个幸福，但同时也是辛苦与担心的日子啊！就如你所问的"人为什么要一天天的长大呢？"你一天天长大了，长成了一个小小伙子了。满三岁，就意味着告别了你这一生最软弱、最有风险的岁月了，感谢上苍，他不仅赐予你健全的身体，还给了你不平常的智慧和善良、爱心。你是那样的好学，对一切充满兴趣，"为什么"成了你这段时间的口头禅，妈妈常常没有能力回答你的提问。"为什么它要叫猫呢？""猫为什么要喵喵叫呢？"……一切在我们眼里成为常识、天经地义的内容在你这里都必须经过一个新的你自己的解释过程，才成为你自己的东西。

多么有趣啊！你对各种词语的解释："牵挂"就是一千个灯笼挂在那里；你将五言诗竖着读，将三字经竖着读……一切都那样有创意。你是那样地喜爱音乐，成天口不离曲，幼儿园里老师们教的乐谱、歌曲，你唱得那样准确、甜脆，让人听着真是能进入"如痴如醉"的状态啊。你喜欢弹琴，今天几乎弹了一整天的电子琴，那一排排的黑键、白键在你心里一定充满了神奇，为什么碰一碰它们，就能发出如此美妙的声音呢？你画的猫猫，个个都像是在笑，它们的眼睛、嘴巴、胡须无一不在笑，因为你是笑着、快乐地在画它们。

行行，你的诚实一如你的父母和外公，几个月的幼儿园生活已经改变了你以前的娇气和怕羞，你不拒绝和小朋友在一起玩，他们顽皮地摸你的头、揪你的衣服，甚至抢你的玩具、食物，你都表现得非常大度，不再哼哼地哭，也不再让妈妈给你做主，而是很豁达得任他们"侵犯"，也许你的小小心灵里已经接受了这不是恶意的侵犯，而是淘气的友谊。

你今天早晨跑进来对妈妈说："行行对爸爸很孝顺。"岂止是对爸爸，你对家里所有的长辈都很孝顺，无论多么好吃的东西，你总是和我们大家一起分享，而且那份诚意是只有你们孩子才有的，非要喂着外公外婆或者爸爸妈妈吃下去，否则你就会像受了莫大的打击似的撇嘴。孩子，这份难得的爱心，你会一直保持下去的。

尤其是对妈妈，你简直不知道怎样心疼才好（就如妈妈对你一样），你最喜欢看妈妈的笑脸，今晚你对妈妈说："行行喜欢看妈妈笑。""妈妈，微笑。"还有那天晚上，你很晚不睡觉，妈妈批评了你，沉着脸，你也哭了，你哭着给妈妈唱："笑一个吧，笑一个吧，幼儿园里真快乐……"你经常伸出你的小手使大劲儿地按摩妈妈的眉头，你知道妈妈的眉头间沉淀着忧愁，你那大人一样有劲的小手令妈妈惊异，你真是神派给妈妈最贴心的宝贝啊！行行，每当这样的时候，妈妈感动的泪水就在眼眶里打转。这一切的来由，只有神知道。行行，当你长大以后，明白了这一切，你不会笑话妈妈多愁善感吧？你更愿意和妈妈做终生有神奇缘分的母子、朋友吧？

行行大约还体验到了聚和散之间的对比。今天白天很热闹，外公外婆过来了，爸爸也在家，妈妈的一个朋友也来玩，热热闹闹一家人，可一到下午，都走了，只剩下行行、妈妈、奶奶三人。

行行晚上在床上问妈妈："为什么外公外婆都走了呢？"又说："行行想他们了。"过了一会儿，又念："行行想爸爸了。"唉，孩子，妈妈的解释虽然有理，却是苍白无力的，特别是你的爸爸，几年之内都将不在你的身边，这是妈妈感到的最大遗憾，爸爸不在身边，你少了很多很多快乐的尝试的机会。但愿这一切能弥补，更愿妈妈的努力能让你觉得完美无缺。

可爱的行行，小小伙子，妈妈祈求万能的神，赐予你健康、智慧、快乐、爱心，愿你明天早晨醒来，不再咳嗽，不再流涕，轻轻松松、快快乐乐地去上学。

早期教育原则：

1. 0岁起步原则；

2. 激发兴趣原则；

3. 积极暗示原则；

4. 化难为易原则；

5. 生活课堂原则；

6. 家庭早教与托幼园所并重原则。

——中国著名早教专家　冯德全

四、小小少年（4～7岁）

🧁 角色互换（2007.3.26　周一）

很久没有给行行记日记了。这期间，行行自己写了、画了许多"杰作"，妈妈都给保留起来了，准备日后装订成册，成为行行成长的档案。

昨天中午，行行和妈妈在卧室里玩，他躺在床上翻了几个跟头，觉得很惬意，妈妈让他睡午觉，他起初答应了，然后又想反悔，就说："我说的是你，我哄你睡觉。"

他先给妈妈脱衣服，拉链会拉了，可袖子呢，怎么也脱不下来，后来妈妈帮忙才脱了下来。然后脱袜子，给妈妈盖被子，看见妈妈的手放在被子外面，又周到地把妈妈的手拿到被子里面。

完成了这些动作之后，他本来是要和奶奶一起出去玩的，可行行突然又想起还没给妈妈讲故事。他不顾奶奶的催促，拿起了《神话经典》给妈妈讲第一个故事《盘古开天辟地》，一字一句读得还真有模有样，90%的字都认识了，妈妈闭着眼，美美地享受着行行讲的故事：很久很久以前……

🧁 学以致用（2007.3.27　周二　晴）

行行前几天在幼儿园里学了一首歌：我的好妈妈，下班回到家……他很喜欢唱。今天下午妈妈上课回家后，他又唱这首歌，过了一会儿，不在妈妈面前了。妈妈正在清理书本的时候，他端着一杯茶来了，笑眯眯地唱："请喝一杯茶呀，我的好妈妈。"妈妈喝了，他非常高兴。

第二天上幼儿园，临出门还对妈妈说：今天放学后，我再给妈妈泡茶。

🧁 你能看见我举着的苹果吗（2007.4.2　周一　冷）

行行总是想抢在妈妈的前面接电话，还好，他接的都是爸爸打来的电话。现在，他自己可以和爸爸聊上好一阵子了。一般都是告诉爸爸他正在干的事。

上一次，他问爸爸吃的什么，爸爸说："牛肉。"所以今天说："我又想你了，我现在又想你了呀。"又问："你今天吃牛肉了吗？"然后他又问爸爸，"你看得见这儿的苹果吧？"爸爸说看不见，行行就把苹果对着话筒问："现在看得到了吧？"……他大概在想既然通过话筒能听到，那么通过话筒也应该能看到。

🧁 梦见了蛇和芹菜（2007.4.16 周一 晴）

行行放学回来，和妈妈边走边聊天，妈妈对他说："如果你万一走不动了，妈妈可以抱一下你。"行行说："万一有一天妈妈老了，走不动了，我就——"他走过来搂了搂妈妈，意思是他将抱着妈妈走。行行走了不少路，因为早晨他听见杨老师说他运动太少了，所以坚持自己走，不要妈妈抱，而且很自豪地说："我累了，也不要妈妈抱。"妈妈听了他说的"万一"后很感动，说："我要亲你三下。"行行马上表示他要亲妈妈四下。

昨天在阳台上，行行和妈妈在阳台上剥南瓜子吃，妈妈剥了喂他，他剥了也要喂给妈妈，妈妈问："你长大了，还对妈妈这么好么？"行行说："我30岁、40岁了，还这么心疼妈妈。"他用了"心疼"这个词儿，听着真是让人心疼他的懂事。

今天吃晚饭时，行行宣布他昨晚的一个梦。"我昨天晚上梦见了蛇和芹菜。"他突然说这句话，而且是风马牛不相及的事情，让我们觉得好笑。妈妈继续问，他接着描述："我梦见的是吐着信子的蛇。"好家伙，对蛇他倒是丝毫不害怕的。"我梦见的芹菜才炒。"果真是日有所思夜有所梦啊。他昨天念叨着让奶奶买芹菜，睡觉前翻《幼儿千千问》时也看到了蛇。

此前，有一天早晨起床，行行就对妈妈说："我梦见外公外婆了！"

看样子，他是真的在做梦，并且有了记忆梦和表达梦的能力了。

多数孩子在七八岁前想象力都很强。他们拿起一个像火柴盒这样的简单家庭用品，就能把它变成小汽车、房子、家具、动物或其他数以千计的东西。他们的梦很生动，有时醒来后不知道梦中的历险是否真正发生过。他们望着墙上的污渍和天上的云团，便能看到绝妙的景象。他们用故事大师的技巧，自发地编织稀奇的故事。

——[美]阿姆斯特朗《每个孩子都能成功》

即兴编儿歌（2007.4.22 周日 阴雨）

行行和奶奶摘小豌豆角，即兴编了一首儿歌：豌豆角，吹瘪瘪，一吹吹到婆婆家，婆婆没见过，逗得笑哈哈。

对比过去的日记才知道，行行在读写说方面都有十分大的进步。数字他都能写了，1～100不在话下。字认得多，会写的也多，近半年的时间外公带妹妹去了，没在他身边教，否则还更多。26个英语字母的大小写他也会，还会写一些简单的单词，如apple tree, pen, one等，会说很长的句子。

遭遇成长问题（2007.9.4 周三 小雨）

妈妈这下子偷懒，居然长达近五个月之久没有记日记了。期间，值得记录的有这么一些大事。

5月份，幼儿园开始排节目，行行大约是动作协调性不太好（这是妈妈平时过度保护导致的，改之），觉得跳舞是一件费力的事情，不愿跳，并因此找借口不上幼儿园。他的借口是"腿疼"。那一阵子，妈妈真是难辨真假，也带出去看过医生，也讲过道理，更多是呵斥，还有打屁股，威胁他不上幼儿园要把扔出去（现在觉得这种说法实在欠佳，不能这样）。

如此僵持了一个多月，直到"六·一"表演完节目，至放假，他上学的积极性都不高。而且，还在紧张的对峙中养成了一些坏脾气。譬如他不高兴妈妈对待他的方式时会打人。好在这些坏毛病在6、7月份爸爸回家后渐渐改掉了。

这是一个典型的例子。行行在他的成长过程中遇到了问题（跳舞跳不好，老师也许批评了他），他选择用借口来逃避，妈妈不敏感，当时也不了解真相，是从另一位老师口中得知。妈妈采取了不合时宜的方法。引以为戒！

"六·一"，行行表演节目时其实挺不错的，不怯场，动作也到位，基本和大家一样。

7月22日，是行行第一次回老家。7月22日—8月7日，行行快乐的回家之行。原来有很多担心，怕他的身体不适应，怕他不习惯农村的生活方式，怕他……这一切的担心，到了老家都烟消云散了。爸妈都是那块土地上的人，行行的血液里，记忆里也应当有那块土地。他不仅健康，而且一切庄稼、菜，都是他不曾见过的，做饭的方式、菜的来源都与行行以前见过的不一样，他都感兴趣，包括向炉子里添柴，筛米，擀面……他简直忙得很，忙着去感受，去认识这一切。

还有人。他和老家里的亲人没有丝毫的陌生感，和几个爷爷、姑爷、姑奶奶、姑父都很熟络，就像天天生活在一起似的。人的生命中那些巧妙的因素在起作用——集体无意识。或许，记忆也是可以遗传的。在公溪沟，他在门前的小河里流连忘返。要是时间再充裕一点，要是外公在家能陪他到各处转一转，行行会玩得更开心。从老家回来至今，行行一直很健康、快乐。

在这段时间里，行行读完了《弟子规》的全文。读得相当熟练，但还不能背诵。

8月至现在，行行完全改掉了5、6月份的坏脾气。每天和爸爸在一起进步很大，也很快乐。他爱打牌（学会排列组合）、弹电子琴（会弹《小草》等几首歌了），爱画画。最近几天，他还学会了骑自行车。昨日，妈妈和他一起出去，简直追不上了。

如何当一个合格的妈妈，让行行每天都健康、进步，是我首先要思考、要解答的问题。在时间安排上要合理，让行行既有锻炼的时间，也有学习的时间，还有自己自由支配的时间。只要他在家，妈妈的时间全属于他。

🧁 登上腾龙阁（2007.9.13 周四 小·雨）

9月8日是星期六，行行和妈妈去隆中捡橡子。真多啊！行行捡了许多的橡子和橡碗，玩到十点多钟，来到三顾堂，行行突发奇想，让我和他一起登山，并热切地给妈妈引路。妈妈简直没办法，也不忍心拒绝他的热情，就和他沿路而上，走到"卧龙深处"时，天下起了雨，地面变得湿了。妈妈打退堂鼓了，可行行坚持一定要上，并说上次他和外公就上去了，这次也一定能行。沿级而上，路上登山的人实在是少，妈妈不放心，行行毕竟才三岁多啊，可他是铁了心非上去不可。

就这样，妈妈打一下退堂鼓，行行反而更鼓起了勇气，最后居然真的登上了隆中山的顶峰——腾龙阁。行行的兴趣只在登山的过程，倒不在山顶，今天又有雾，远处也看不清楚，玩了几分钟，就下山。妈妈下山很不行，行行虽然有些累了，也还是自己一级一级地下来了，比妈妈走得还快。路上遇见气喘吁吁的阿姨、伯伯、哥哥、姐姐，他们都以行行为榜样。没想到看上去文质彬彬的行行，还这样有力量。这力量真是来自一种神奇的源泉。回来后，妈妈疲惫不堪，可行行的精神却很好，也没睡觉，一直到晚上也没喊累。

这次的登山活动让妈妈对行行刮目相看，毕竟是个小男子汉，自有他的气度与力量。

行行，妈妈真为你骄傲。

（谁知道，仅仅一天之后，等待我们的是一场小小的厄运。）

🧁 伤心之页（2007.9.10 周一）

今天是外公的生日，佩芷和奶奶也来了，所以行行只上了半天课，中午被接回来吃饭，下午就在家里玩。

5点钟，佩芷睡觉起来闹着要回家去，就由外公送到了车站。行行和妈妈一起出来玩。行行要骑他的自行车，因为他已经骑得可以了，妈妈就给他搬下来，从楼下一骑上，妈妈就跟不上他的速度了，越到后来就越像脱缰的马，叫他也听不见，追也追不上，妈妈让同事用自行车载了一段，才在幼儿园门前下坡处赶上行行，让他骑慢点。今天已开学，路上来来往往的大学生多，又有迎新的人，还有很多车，到图书馆门口就停了下来，他不愿到大操场去骑。于是，妈妈提议仍然去隆中捡橡子。这是错误的开端。

进了隆中才知道这时正是蚊子最多之时，都围着我们飞，匆匆忙忙地捡了几个，不到五分钟的样子，我们就出来了。隆中停车场空无一人，妈妈提议进去玩一会儿，让行行骑三圈。行行轻轻松松地骑了五六圈，很开心，他让妈妈给他伸出手指头计数。

妈妈真是鬼迷心窍了，建议他再换个方向骑几圈。灾祸开始降临，他刚骑了几步就摔了一下，妈妈和他都没在意，行行站起来踏上车继续骑，在靠隆中牌坊的那个方向，行行跌倒了，发出锐声的哭泣，妈妈与他相隔20米左右，赶紧跑过去抱起他发现他是右胳膊着地，没有外伤，可听他的哭声不是一般的疼痛，行行算得上是一个坚强勇敢的孩子，耐痛性也比较好，一般性摔跤哭几声就没事了，可这次他一直哭，而且右胳膊不能动。

妈妈用自行车载着他，简直没了主意，不知是去医院好，还是先回家，又不会骑车，又没带电话，所以本能地推他回来，准备让王阿姨、陈叔叔先看看。路上遇到两个护士，都说怕是骨折，要去医院拍片。不巧，王阿姨打球去了，陈叔叔关门回家了。我们回家准备叫车出去。

此时，手臂已经肿了。肘关节里外肿得最厉害，明显是内伤。找来的医生说没大碍，不用出去。于是，妈妈就相信了。车已到楼下，妈妈退了。行行止了哭，也吃了一点晚饭，只画了一朵花就坚持不下去了。肘关节能弯曲，但不能抬起来。他们都说没事。于是睡觉。我也相信了是软组织损伤，就没太担心。夜里，行行的右臂不能动，很疼痛，因为他哭了两阵子。肿一点也没消。

一早就出发去四七七医院拍片，诊断结果出乎我们的乐观想象：骨折。右肱骨髁上骨折，有裂缝，万幸的是，昨天那医生没给他弄错位。打石膏，行行一直很配合，状态也还好。石膏打上了，他放声大哭了一阵。

妈妈自责不已……妈妈要更懂得感恩，懂得容忍，学会去关爱身边的人，改掉缺点，为行行的成长创造更好的潜在环境。

真没想到，这本日记将在这一页结束。伤心之页。愿所有的疾病、灾难都随着这一页结束吧。

行行，让我们重新开始吧：从健康开始，从快乐开始，从智慧与仁慈开始。

🧁 牙齿住在嘴里（2007.11.8 周四 晴）

行行的梦

有一天早晨，行行醒来后说，他晚上梦见爸爸在一座高高的山上，天黑了还没回来。实际上，这一天爸爸已经回家了，很有意味。行行的内心世界是我们想象不到的丰富：他挂念着爸爸，至少表明了这一层。妈妈听他叙述了这个梦之后很感动，也很惊异……不到四岁的行行居然能做这样感情化的梦，而且能叙述得如此清楚。

又一天，行行梦见他和妈妈一起采了很多紫苏。他一直喜欢着紫苏，暑假在老家也采过，说带干紫苏也一直没带来，行行在梦中就自己去采了。

行行说：牙齿住在嘴里。

行行教奶奶学写数字，他说：这是男老师教女学生。令人捧腹大笑。他大约是想表明他对性别的认识。

行行说：脸谱是脸上有谱子吗？

行行回来向妈妈描述老师的鞋子：瞿老师的鞋子上有很好看的珠子，一圈一圈的。妈妈后来看到那果真是一双漂亮的鞋子。

行行的甜言蜜语

这段时间，行行睡前都要叫数声妈妈，声调轻柔，充满感情，妈妈应了之后，他对妈妈说："妈妈，我好喜欢你。"或是"妈妈，我最喜欢你。"有时要说几遍，然后闭口，睡觉。妈妈给他按摩脚，他也只让做几下，总是说："妈妈，你太辛苦了。"或是"妈妈，你太累了，你早点睡觉。"妈妈和爸爸都是不善表白的人，不知行行从何处学得了这般的嘴甜。对妈妈，这真是最好的安慰与激励。妈妈说摸着他的胳膊、腿或者屁股蛋儿入睡，才觉得踏实，行行说握着妈妈的手睡觉，心里才踏实。有了这最亲密的牵挂，只怕妈妈是哪里也不想去了，曾经的壮志理想都抵不上行行的一声"妈妈"。

爸爸走的时候，行行让他带上一页自己的画，还告诉爸爸一个电话号码：3505792，让爸爸想他的时候打这个电话。

行行说："一整个地球上，我最喜欢的人是妈妈，一整个国家，我最喜欢的人是外公。"他想表达的是最喜欢妈妈，其次是外公。因为他认为地球最大，其次是国家。

行行说："妈妈，我有三万亿那么的喜欢你。"

🧁 四岁生日（2007.11.10　星期六）

行行的四岁生日，他已经盼望很久了，天天算着日子，这个星期六终于到来了。他很快乐。我们上街去订蛋糕，走到大操场，他看见国旗升着，很好奇地问："为什么今天也升国旗？"妈妈回答他："是为了庆祝你的生日。"他很满意这个回答，心里一直想着那面升起的国旗。

今天恰好是八艺节的美食文化节，鼓楼前面汇集了全国各地的名吃。我们只敢一饱眼福，怕吃坏了肚子，未敢一一品尝。在"吃"这一方面，行行是少有的能节制自己欲望的孩子。他再想的东西，只要给他讲清楚其中的利弊，他都能很果断地放弃，譬如棉花糖及超市里花花绿绿的垃圾食品。

行行渴望着长大，长高，满四岁，我们也以四岁的标杆培养了他很多的好习惯：首先是爱上学了，今年5月以后，他对上幼儿园有些消极，这学期开学前几天他也不太情愿，等他一旦明白"他一岁半了才出生"的小小朋友们都上了小班之后，就"油然而生"了一种自豪感、喜欢上学了。

早晨起来收拾好了之后，就高高兴兴地出门了。而且，很长一段时间了，他再也不要求谁抱他，背他，似乎是长大了不好意思，有时候妈妈觉得他走了很远的路，主动要抱抱他，他也男子汉般地拒绝了："我很累，可是我还是自己走。"而且，他期望通过锻炼变得健壮，经常问："我的腿是不是又变粗了一点？"行行变得爱运动了，不知从哪里学来了一套"拳"，放学之后，总喜欢打几趟拳，打得满头大汗才罢休。爱跳，爱跑，跳得很远，跑得很快。可惜的是，一动就出很多汗，常常遭到大人们的禁止。

晚上也有几个月是关灯睡觉的，虽然还是要妈妈陪。有时候，早晨起床了妈妈再睡一会儿，他也很能理解，很懂事地关上门，不打扰妈妈，和奶奶收拾好了就上幼儿园。

虽然3～4岁这下半年没教多少知识给他，但在综合能力上行行有了很大的进步。暑假背诵的《弟子规》和部分《三字经》他偶尔亦能活用。妈妈让他把那一副旧牌扔掉的时候，行行就振振有词：勿厌旧，勿喜新嘛……随着行行一天天长大，妈妈对行行的成长应该多用心地引导，少干预。过多的干预是妈妈的最大缺点。放开了，在吃饭、穿衣、交往等方面，行行果然比以前健康、大方了。

祝愿行行每天都健康、快乐地做他想做的事情。

曾经有一位心理学家认为，在儿童生命的最初五年里，母亲常与孩子在一起，对于孩子的健康成长是必需的。现在则不单是强调母亲的重要性，父亲在孩子的成长过程中同样重要。遗憾的是，今天在我们周围居然就有那么多的"留守儿童"。

🧁 作诗或胡诌（2007、11、19 周一 晴）

行行今天早晨一醒来就对妈妈说，他想好了一首诗，妈妈就拿笔给他记了下来，居然是一首七言绝句：

绿树红花辞旧岁，

青山绿水若橄榄。

慈悲慈酒金满银，

绿树红亭慈酒杯。（全是听音记录，妈妈也不知道确切是哪些字。）

随后，又意犹未尽地吟了两句：

金满金银辞旧岁，

云坛云做海洋杯。

在行行随口就吟出的这些诗面前，妈妈简直失掉了评价的能力。那是一个怎样奇妙丰富的涌动着无限创造力的世界呵！

🧁 你追我赶（2007、11、21 周三 晴）

行行夜里三点多钟时醒了，大哭。哭泣停止了之后，他很兴奋地告诉妈妈：他梦见一个大大的"冷"字在前面跑，很多圆圈在后面追。大约，他就是被这个梦吓醒了。

这又是荣格所说的"集体无意识"了。追赶、跑、跳、被围困，这些梦，妈妈小时候也常做。我记得最难受的是在一个狭小的房间里，仅有一张方桌，有人就围着这张桌子追赶我。人类有些什么样的共同记忆？这些记忆又是如何传承下来的，通过遗传吗？

行行经常在电脑上随意地打出一些词句来，这些"陌生化"的说法令他笑弯了腰，如：放热反应、衣服大团圆。

🧁 就是这颗"车"的本事最大（2007、12、3 周一 晴）

行行学下中国象棋。行行对棋很感兴趣，跳棋会下了，军旗也能按照自己的规则玩，外公来了，老缠着外公问象棋的事情，妈妈就给他买了一盘回来，跟外公学。

四岁的头脑尚不能从整体上理解精深的象棋。昨晚和外公下棋过后，他告诉妈妈：有一颗红"车"的本事特别大，吃了一堆棋子。

早晨一起床，他就兴高采烈地找到那颗棋子，告诉妈妈：就是这一颗"车"。妈妈解释，并不是因为这一颗棋子的原因，而是整个棋盘上的布局决定了"车"能否去吃。行行现在还不懂得这些。等你长大后就会明白的。棋局如人生，人生如棋局。每个人都像是一颗棋子。

行行前段时间学会认时钟了。

行行解释子宫——紫色的迷宫。

🧁 半江瑟瑟半江红（2007、12、7 周五 阴）

今天，妈妈出门，下午3点才回来，行行老远看见了妈妈，和外公说了句："那不是我的妈妈么？"就飞快地迎了上来。他和妈妈说了会儿话，细心地问妈妈吃过午饭没有。四岁的行行已经知道关心妈妈了。妈妈十几岁上高中时，外婆去学校看妈妈，没吃饭，外婆没说，妈妈也没问，就那么饿到晚上……妈妈真惭愧。

我和行行爸爸铺床，铺了一床棉絮在1.8m的床上，行行进来惊叹道："好大一张啊！"

行行喜欢白居易的《暮江吟》，他问"半江瑟瑟半江红"的"瑟瑟"是什么意思。妈妈解释了之后，他说："瑟瑟是冷颜色，红是暖颜色。"没人告诉过他这个，行行无师自通地明白了这一点。证明他对文字是挺敏感的。

每个人在七种智力类型的某个方面都能显示出特别强的能力，这七种天赋是：逻辑数学、音乐、身体运动、语言、空间、人际关系、自我认识。七种天赋类型都有自己个性化的学习风格。

——哈佛大学心理学教授霍华德加德纳《大脑的结构》

🧁 爷爷叫"白"，奶奶叫"黑"（2008.4.18 周五 风，14～21℃）

妈妈又偷懒了，好久未记日记了。

行行长高了，懂事了，特别体贴妈妈、奶奶。今天早晨，他一醒来就看妈妈的舌苔，"检查"之后，他诊断为"有寒"，就让妈妈闭着眼睛，他给妈妈做按摩，可用劲啦，推天河水，按太阳穴，拍百会，按天突穴。

平时，我们给他做的那几个穴位，他都给妈妈做了，做得很认真。做完之后又检查了一遍妈妈的舌苔，觉得满意了才罢手。记得电视上曾有一位母亲说过：你以什么方式对待孩子，他也会以什么方式对待你，真是没错。

行行在我们吃完饭后，会关切地给妈妈，或者奶奶、爸爸递上纸巾。他会帮我们扫地、择菜、端菜、端饭、收碗，他也要自己洗脸、洗脚、穿衣、脱衣……

行行会读"蒙氏阅读"上完整的故事，很多复杂的字，只要曾经告诉过他、他都记得、会认……

他的象棋、跳棋棋艺都大有长进，妈妈常常是他的"手下败将"。

他听了若干首邓丽君的歌和其他流行歌曲，也都学会了，他最喜欢邓丽君的歌，简直是百听不厌，十足的小歌迷。

他上了绘画班，画得更好了，只是不如以前爱画了。

行行的幽默

晚上，行行洗脚时，妈妈对奶奶说："你经常给伯（方言读bai）打打电话。"行行问"伯"是不是爷爷，我说是的，他对奶奶说："那你怎么不叫'黑'呢？"奶奶一时还未反应过来，等她也明白行行的意思——爷爷叫"白"，奶奶应该叫"黑"时，我们三人都捧腹大笑！

🧁 太阳系：太阳工作的系（2008.5.14 周三）

行行解释：半夜三更并不是半夜里树就长了三个根。

行行说：有两种线，一种叫天线，一种叫地线，地线是竖着长的，天线是横着长的。

妈妈问行行："你是不是在想心事？"

行行说："什么是心事？"

妈妈："心事就是心里想的不对别人说的秘密。"

行行："我去年有16个，今年销了几个去，还剩13个。"

行行问："为什么小孩都要跟爸爸姓？"

行行解释："太阳系就是太阳工作的系。"（中文系就是妈妈工作的系，数学系就是爸爸工作的系。）

行行问："地球死了之后，有人会怀念它吗？"

行行问："地球会死吗？地球死了之后，人搬到哪里去住？"

🧁 《风不吹，它睡了吗？——儿童提问的背后》

从图书馆借到了一本很有启发性的书《风不吹，它睡了吗？——儿童提问的背后》（[德]阿明·克伦茨著，华文出版社），它让我理解孩子的提问其实有很多很多的东西包含在其中。平时，我们也有些忽视了行行的提问。

人类只有两只耳朵是一种缺憾。在人们说出的话中隐藏着大量的远不止"第一耳"所听到的内容。

孩子每提出一个问题,包括四个方面的内容:

① 视觉角度。(作为孩子,我要报告什么事情)有助于客观看待问题。

② 关系。(我认为听者是什么样的人)易增强孩子的依赖性。

③ 呼吁。(我想让听者干什么)要求父母有一种积极性和愿望。

④ 自我表露。(我自己想表露什么,我现在状态怎样,我有什么感觉)要求父母能随时感知孩子此时此刻的感受、情绪。

儿童在7岁以前处于"魔幻思维"的发展阶段。也就是说,给他解释的很多道理,他们必须按照自己的思维模式去理解,而且他们需要所谓的图画使自己的解释发生作用。理智只能处于从属的地位。那些认为必须从小对孩子进行抽象思维和知识型思维教育的父母,其结果是过早地剥夺了孩子们的想象力。

当孩子有自己的想法时,强调"唯理智论和认识论"(纯粹的理智和"正确的"思维)就会摧毁孩子在成长中的重要教育过程,使他们对自己的思考方式产生怀疑,还会使他们在自己的内心世界和展示在他们面前的外部世界之间被拉来拉去,其结果将导致他的感觉与思维之间产生不平衡,从而失去自己对正确的判断能力,而越来越依赖大人们所说的话。他们内心形成的世界图画就会发生动摇,并且扰乱了他们从感觉上精心建立起来的安全感。

🧁 樱桃树上结石榴 (2008.6.29 周日 晴)

行行说:默认并不是认得很黑。

石榴树上结樱桃,樱桃树上结石榴。

苹果树上结梨子,梨子树上结苹果。

玉兰树上开秋葵,秋葵秧上开玉兰。

——行行编的"倒唱歌"

🧁 绿黄红，忘不了（2008.7.12 周六 多云，阵雨）

今天下午，妈妈和行行一起玩逻辑狗，行行在做的时候妈妈拿起了另一张卡片，他一扭头碰巧看到了背面的答案钮，马上说："妈妈，你别让我看见答案了。"妈妈说："哪有那么快？" 行行说他已经看到三个：绿、黄、红。目光与卡片相逢的时间大约也就一两秒的样子。

妈妈为了不让他受答案的影响，就拿了另一张卡片让他做，正、反都做好花了几分钟。然后再做那一张，行行仍然记得从3到1是绿、黄、红的顺序，立马把这三个按钮移到位了。

真正是过目不忘啊！行行超凡的记忆力其实我们早已感觉，只觉得是一般的"记性好"而已。今天，妈妈才真正见识了他的"过目不忘"。

🧁 走上武当山（2008.8.20 周三）

行行变成了男子汉，勇敢的、好样的男子汉！

今天，我们一行四人登上了武当山。行行几乎是自己走上去的。连妈妈都没有想到，看起来"文静"的行行有如此之强的韧劲！这种柔中带刚的性格也许才是我们家最宝贵的财富。

下山时，爸爸几乎全程背行行，因为要赶火车。今天真是辛苦了爸爸。

🧁 小小修理工（2008.8.21 周四 晴）

行行今天自己用工具将书房门把手上的一处毛病修好了，值得一记。门框上的一个螺丝钉掉了，只剩一个，无法固定铁片。行行以前也尝试着修过几次，也许是没有找到合适的钉子，总是没法固定。今天竟然完全钉好了，坚如磐石。

妈妈今天对行行说要去给外公祝寿，让他就在家，行行说他也要"去一下"。妈妈给他讲了为什么不带他去的原因：路远、人多、天热等，然后就去阳台上晒衣服了。随后听到行行的抽泣声，边抽泣边捶桌子，发泄心中的不满……后来，爸爸又和他讲道理，又说，看买车票的情况。他渐渐想通了，虽然买的是卧铺（上），他也很爽快地同意不去。妈妈临走时，行行特意拿来一张大白纸，记下妈妈的手机。等妈妈到了小姨那儿，他果然一天拨几遍电话，关心妈妈的情况。

🧁 一人大，二人天（2008.9.1～2008.9.5 晴）

可喜可贺的一件大事——行行上学前班了。实际上，学前班和小学的区别不大，同样的上课时间，同样的多的课程，同样严格的要求。因为早就对行行说过上学前班如何如何，比如不能迟到等等，所以在行行的意识里已经形成了学前班要遵守时间规范的观念。他严格遵守时间表，早晨通常变成了他催妈妈，早晨中午即使没睡醒，也很乐意地起床。

对学过的东西很感兴趣，陈老师教的识字和班主任吴老师教的拼音他似乎更感兴趣一些，只要上了她们的课，一回来他就要当小老师教妈妈。妈妈也觉得很有意思，如一人大，二人天，日月明，小大尖，木子李，羊女姜，言午许，弓长张……今天（星期五）中午，行行对妈妈说："我很喜欢上学。"听到这句话，妈妈很放心，也很开心。

行行现在有些胆小，有些不知道如何和小朋友交往。自己分析其中的原因，其实是因为我们一直陪着他玩，没有给他创造这样的合适的机会。但妈妈相信，在沸腾的小学里，行行自己会学会交朋友的。我们尤其要注意的是多给行行创造这样的机会。

🧁 鲁迅来自母系社会吗（2008.9.6 周六 晴）

行行和妈妈在3号教学楼门前，那里有一尊鲁迅先生的塑像。妈妈告诉行行鲁迅的妈妈姓鲁，爸爸姓周，行行问："是母系社会吗？"妈妈笑。

行行讲故事

今天走在路上听橡仔奶奶说，橡仔胆小变胆大的方法是爸爸每天训练他，让他大声讲故事、汇报所学过的内容。

妈妈觉得这个方法不错。晚上，我们也让行行讲故事。行行自己创造了一个故事："有一天，我和妈妈去操场旁边的单双杠那边玩儿。我发现了一棵狗尾巴草长在一个树洞里。为什么它长到树洞里了呢？我猜是风吹来的种子，妈妈猜是一个调皮的小孩或者大学生放在里面的，爸爸猜是鸟儿衔来的。"

有大致的情节。行行上了学前班之后学会提问了，他常常正儿八经地说："我问你们一个问题啊。"在讲故事时，他也充分运用了提问和反问。

行行讲了《龟兔赛跑》和《三只小猪》两个故事。

昨晚又讲了《骨碌，骨碌》。

行行语录

"抽象"是抽一头大象吗？

"团圆"是一坛子都是圆吗？

葫芦丝是葫芦上长了一根丝吗？

行行编的儿歌

昨天买了颗大头菜，

放在车棚真奇怪！

我去找它找不到，

不找它了又出来。

🧁 《慌乱的指头》与《黑衣裳》（2008、10、3 周五 多云）

行行在书柜里发现了毕飞宇的一本小说，集名字就叫《慌乱的指头》，他对这个不同寻常的题目很感兴趣，先是一个人"咯咯"地笑个不停，等他跑来问我们什么是"慌乱的指头"，妈妈和外公都给他做了一个挠痒痒的动作：手指头惊惊慌慌、忙忙碌碌地乱动，他更是笑弯了腰……行行不仅懂得了词语的本来意义，也懂得了词语的引申意义。

行行看见毕飞宇的小说集《黑衣裳》中的"黑"写得很有特色，他说："我觉得这个'黑'字好有意思，上面两点像是两只眼睛在看，下面四点像火。"行行对象形文字有一种天然的理解力。

行行看见工人们在给树抹石灰浆，妈妈告诉他这是为了防冻、防虫，然后启发他，问树被抹了之后像什么，行行说：树像是穿了裤子。妈妈大笑。的确，穿裤子比穿衣服更准确、形象。

妈妈准备自己给行行织毛衣，织了一晚，第二天晚上，行行就催妈妈："你快缝啊，怎么不缝毛衣了呢？"

妈妈对行行说："谦虚使人进步……"行行问："是不是牵一根胡须就能让人进步？"

行行问："爹是不是父亲很多？"妈妈解释，父亲的兄弟们很多可以叫爹，如大爹、二爹、三爹。

家里有小孩的人知道，其实三岁五岁的儿童哪一个不是天才。我有位朋友煎蛋做早点，不小心将蛋黄流出来，叫声：糟糕，破了，她读幼稚园的儿子在旁说："没关系，妈咪，我们把它补好。"又有位朋友的侄女儿告诉我鱼缸里两条小花鱼，这条是男鱼，那条是女鱼，她认真地说："因为女鱼穿着裙子呀。"并指出女鱼眼睛上有两弯细眉毛。每被这些小天才们惊得张口结舌，想自己亦生一个孩子，只把孩子的一句句话录下来，够出一本好书了，所以素来对婴儿与儿童只有手足无措，像他们是面法镜，照出我这个庞然蠢物。

——朱天文《有所思，乃在大海南》之《提笔》

🧁 自己记日记（2008.11.10 周一）

2008，11月10日我过了5岁生日，我很快乐。

因为，买了蛋糕，来了客人，是*乔乔、*楚凡、干爹、干妈、南漳奶奶。

（行行自己记的。）

🧁 你为什么要惹我哭（2008.12.13 周六 晴，0～10℃）

昨晚，行行梦中哭，边哭边说："你为什么要惹我哭？""你说。""你说出来！"

今晚临睡前，行行察觉到妈妈情绪低落，问我："你为什么不高兴？"是的，为什么要在行行面前表现出不高兴？

他很不高兴我催他干这干那。也许是干扰太多，嫌我给他穿多了，嫌我跟他说话语气不好等等。值得妈妈好好反思反思。他很敏感。妈妈的情绪、心理有一点变化，行行马上就有反应。

🧁 可以吃虫的植物（2008.12.21 周六 大风降温，-5～5℃）

今天，行行自己写了一段很有趣的文字，是用铅笔在信纸上的，妈妈抄录如下：

捕蝇草植物和猪笼草植物是可以吃虫的植物。猪笼草为什么可以"吃虫"？因为"瓶子"里有消化液，所以，"猪笼草"就可以吃虫了。捕蝇草为什么也能"吃虫"？因为捕蝇草的"夹子"上有小红点，这些小红点就是它的消化液，所以捕蝇草也能吃虫。因为，这两种植物都有消化液，所以这两种植物就可以吃虫了。（行行完全是自己想着写的，只有几个字问了爸爸。）

共计118个汉字，共用了17处标点符号：有逗号、句号、问号、引号（行行特别解释了他为什么要用引号，因为并不是真的瓶子，也并不是真的夹子）。这段话共出现了三个"因为"，三个"所以"，五次"植物"，三次"消化液"，四次"可以"（还有一处本应用"可以"的，行行直接换作了"能"）。

妈妈今天正在想有关"重复"的一个题目，没想到行行的这段重复率颇高的文本和妈妈的思路不谋而合了。它反映出儿童思维的特点。为什么会这样？大概不单是孩子思维简单、词汇贫乏的原因，背后应该还有更值得探索的原因。而且，孩子们喜欢重复听他们喜欢的故事、歌曲，这与人类的某些相通的东西肯定是有关系的。

前几天行行还自己创作了一首歌曲，名曰：多眉毛。现抄录如下：

3 1 2 3 1 2 3 3 1 3

多眉毛多眉毛多眉毛多

3 2 1 2 3 3 3

眉毛多得数不清

3 2 1 3 2 1 3 2 1 6

眉毛细眉毛细眉毛细眉

3 2 1 6 5 6 5

眉毛细得像棵草

3 2 1 3 2 1 3 2 1

眉毛粗眉毛粗眉毛粗

3 2 1 6 5 6 5

眉毛粗得像树干

3 2 1 3 2 1 3 2 1

眉毛弯眉毛弯眉毛弯

3 2 1 6 5 6 5

眉毛弯得像小蚕

🧁 "正常"与"不正常"（2009.1.12 周一 晴，-4～6℃）

行行今天参加小学的散学典礼，回家时领回了一张奖状、一盒油画棒（奖品）。学生综合素质评价全是A，学科成绩全是优。我们都很高兴。

关于"正常"与"不正常"的一段对话

行行晚上坐着玩了一会儿，手非常冰，妈妈让他先活动活动，打打羽毛球，再读书或者玩别的。

行行："冬天手冰难道不是正常的吗？"（这是行行爸爸的观点）

妈妈没作声。

行行又说了一遍，又问："你怎么不说话？"

妈妈不赞成，也懒得多说话，所以就瓮声瓮气、略带生气地说了两个字："正常！"（也就是老家方言所谓的zɑi，塞）

行行一边打羽毛球，一边不高兴地说："我觉得你的语气不对。"

妈妈没理会。

行行不打球了，继续说："我觉得你刚才说'正常'两个字的时候跟平时不一样，有点不正常。"

妈妈被他的这句话逗笑了。行行却是一副要哭的样子："我觉得你说这两个字的时候像是在生气。"

长大了又是一个敏感的人啊！行行不愿看妈妈不高兴的样子，他希望妈妈天天都喜笑颜开、和颜悦色。这也是妈妈应该做到的。

🧁 如果你改掉了你的缺点（2009.2.4 周三）

有一日临睡前，行行已经快睡着了，妈妈帮他翻身侧向右边（行行刚开始上床时喜欢趴着睡），行行突然又很清醒地对妈妈说了一句："如果你改掉了你的缺点，我就最喜欢你了。"然后，就进入了梦乡。

这几日，妈妈感冒，爸爸也有感冒的迹象，行行答应和外公睡。晚上同外公睡，白天同外公玩，和妈妈在一起的时间少了，行行临睡前，有些不高兴地对妈妈说："我不是很喜欢你。"妈妈问为什么，问他什么时候喜欢妈妈，什么时候不喜欢妈妈。他也说不出个所以然，只好说："你不高兴的时候，那我自然也不高兴了。"妈妈告诉他，无论什么时候，无论他喜不喜欢妈妈，妈妈最喜欢的人都是行行。

行行听到一句歌词：就像一张破碎的脸，大笑不止。他问脸怎么会破碎呢？看来，他对语言有一种天生的敏感。

从福建菜馆叫的菜，有一碗鱼做的丸子。

海婴一吃就说不新鲜，许先生不信，别的人也都不信。因为那丸子有的新鲜，有的不新鲜，别人吃到嘴里的恰好都是没有改味的。

许先生又给海婴一个，海婴一吃，又不是好的，他又嚷嚷着。别人都不注意，鲁迅先生把海婴碟里的拿来尝尝，果然不是新鲜的。鲁迅先生说：

"他说不新鲜，一定也有他的道理，不加以查看就抹杀是不对的。"

以后我想起这件事来，私下和许先生谈过，许先生说："周先生的做人，真是我们学不了的。哪怕一点点小事。"

——萧红《回忆鲁迅先生》

🧁 你认识自己吗？（2009.3）

行行和妈妈之间一段颇富哲学意味的对话：

行行照镜子，对着镜子仔细地看自己。

妈妈：你认识自己吗？

行行：（笑）啊哈，好笑得不得了。人难道会是自己的陌生人吗？

妈妈：镜子中的你是真的你吗？

行行：（又笑）不是。（手伸到镜子后面）摸都摸不到。

这一段话岂不是颠覆了拉康的"镜像理论"？拉康认为婴儿会把镜中之像当成自己，难道是因为行行已经脱离了婴儿阶段么？他的理由还真有趣呢，"摸都摸不到"，以一当十的。

🧁 "菩萨的风筝"（2009.3.23 星期一 晴）

关于佩芷小朋友的最新消息（来自佩芷妈妈的博客）：

一早起来，她挥笔作画。她画了一幅《菩萨的风筝》。这个名字，是她自己取的。她先画了个张牙舞爪的菩萨，我告诉她，菩萨一般是双手合拢的，她马上改良了。这个菩萨，头上还有好多点点呢。

为何她会画这样一幅画，我还真没弄明白。没有及时照相留底，又被她接着涂鸦，给菩萨画了牙齿。看到她画的牙齿的时候，我笑喷了饭，她非常不好意思。

她本来只用了上翘的曲线来表示菩萨的笑，更含蓄些的——也许菩萨放飞了风筝，心情愉悦，所以喜形于色了，要笑到露齿。

她又在菩萨周围画了小老鼠，因为偷油吃应该发生在庙里——这个与妈妈脑海中的画面相符。还有蟑螂——看来，菩萨生活在清苦的环境里。

她看见我们在吃早餐，就说：我要给菩萨画碗饭，因为菩萨也饿了——于是有了饭。奶奶说：菩萨是敲木鱼的。——她没有见过木鱼，所以画了一个盘子里面装了一条鱼。这就是木鱼。

总之，妈妈认为，这真是一幅伟大的画。

清贫的和尚因为放飞了风筝而有了大大的喜悦，于是得道变成了菩萨。

这个伟大的画家。还差五个月零十天就五岁了。

🧁 "历史"的概念（2009.4.7 周二）

昨天，行行从楼顶上去二楼单元*乔乔家里玩，回来的时候，他不声不响地把晒在楼顶上的他的三双棉拖鞋收回了家。这个小家伙真是个有心的人哪？没有谁教他收，而且，拿六只拖鞋下来也需要本事呢。按照民间所说的三岁看到大、六岁看到老，行行长大了应该是一个很懂事的人。

行行是不是已经直观地有了"历史"的概念？他经常问我："你年轻时是什么样子？""你老了是什么样子？"

🧁 快乐母亲节（2009.5.10 周日）

今天是母亲节，行行自己动手用彩纸剪了三颗心，两颗大一点的，一颗小一点的，三颗心连在一起，在旁边写下了大大的一行字：祝妈妈节日快乐！

另外还亲手给妈妈做了花，还有无数的"心意"。

女人是脆弱的，而母亲是最坚强的！感谢上苍，感谢行行，让我由脆弱的成长为坚强的！

🧁 太阳不挑食（2009.5.28 周四）

行行解释："日偏食"并不是太阳挑食的意思。

从五月中旬，行行和妈妈一起从头诵读《老子》，去年曾经学到了30章。所以前面的进度很快。令妈妈吃惊的是行行超乎寻常的记忆力。有的他完全还记得，有的他自己读一遍就可以背诵。妈妈笑称行行的大脑里有一个神奇的"存储器"，行行大笑。而且，行行还可以前后贯通。

🧁 一听《绿袖子》，就想妈妈了（2009.7.2 周四）

佩芷说：男孩的妈妈是女孩。

佩芷具有幽默逗笑的天赋，她不认识的字可以以开玩笑的方式编歌，我们从大门口"**学院学术讲座信息发布栏"经过，她随便念：**学院魔术……（可惜后面我不记得了。）

她最喜欢和大姨父逗，把大人们批评她的话拼凑为："妹妹回来了，大姨父不听话了……"

佩芷说："哥哥一弹《绿袖子》，我就想妈妈了。"这孩子对音乐也是这样敏感！

"傅聪三岁至四岁之间，站在小凳上，头刚好伸到和我的书桌一样高的时候，就爱听古典音乐。只要收音机或唱机上放着西洋乐曲，不论是声乐还是器乐，也不论是哪一乐派的作品，他都安安静静地听着，时间久了也不会吵闹或是打瞌睡。我看了心里想：'不管他将来学哪一样，能有一个艺术园地耕种，他一辈子都受用不尽。'我是存了这种心，才在他七岁半，进小学四年级的秋天，让他开始学钢琴的。"

——傅雷《傅聪的成长》

🧁 "犬"与"狗"的区别（2009.8）

行行身高约1.24米（7月份是1.23m）。

妈妈在网上看到一个新名词：狗流感，行行觉得好笑，大声告诉外公："外公，外公，美国又发现了犬流感。"他大约觉得"狗流感"这个说法太不雅驯，所以很快地直接地将之表达为"犬流感"。很有意思！

妈妈说肚子胖了，行行正在学习画鹌鹑，他说："你这肚子跟鹌鹑的肚子相比，算个啥！"笑破肚皮矣！

🧁 喜羊羊伴我上小学（2009.8.28 周五）

行行马上要报名上小学了。（8.30）本来，还差两个月是不准报一年级的。我们一进小学就遇上了闵校长，闵校长亲自领着到一年级的班主任杨老师那里了报了名，并夸行行很棒。作为一名校长，她对每位学生的情况都这么了解，这是很令家长惊异并敬佩的。她也指出了行行的不足是声音小。我们已经告诉行行，声音再不大点就会被"退回"学前班的，他是应该会改正的吧！

行行现在的生活可以称得上是可以自理了。大小便自己能处理，洗脸刷牙也能自己做，吃饭喝水就不用说了。进步还是挺大的。也可以自己下去玩，睡觉醒了也不像以前那样大呼小叫，而是自己起床走到客厅找到妈妈说："换衣服。"他和佩芷、蔚蔚在一起玩时已经是异常活泼了，能掀翻屋顶似的。

行行说自己很会搞笑，很幽默，呵呵……

行行一本正经地把喜羊羊的一枚徽章佩戴在上衣的左边或右边，睡午觉时，他把自己的睡裤认认真真地扎到袜子里面，睡了两小时也没跑出来。

行行说："穿两条一模一样的裤子是什么感觉"，然后就把他的两条睡裤一齐穿上了，竟忘了脱一条下来了……

🧁 哭着向前冲（2009.9.17 周四 多云，19～24℃）

行行有时懂事得让人心疼。他们班主任杨老师规定早晨8:00之前进教室，下午2:30之前进教室（早晨提前了30分钟，下午提前了10分钟），否则罚站，行行天天很守时，看着时间快到了就冲向学校。

今天中午睡到2:15起床，喝水穿鞋，出门时已2:28分的样子了，行行觉得要迟到了，出了门就跑着下楼梯，妈妈担心他摔跤就在门口说了一句："行行别跑！"他停留了两秒钟，满是委屈，想哭、想撇嘴，但又觉得时间不够了，就一路飞奔着上学了。看得妈妈真是心疼。

前面有一次也是这样，他尽管哭着，还是快快跑着去上学。懂事的孩子，在你的心目中，老师说的每一句话都是神圣的，不可违犯的。妈妈也是老师，也很能理解，妈妈以后要尽力提前一点提醒你出门……

行行背诵《老子》到第60章了。

行行问：什么是反作用力？为什么要叫反作用力，不叫正作用力？小鸟为什么不被地球的吸引力吸住，而苹果那些东西会被吸引住？为什么房子那些东西没有吸引力？

行行说他的问题简直像大海洋那么多。

假如地球没有吸引力，人在空中飘。没有空气，他能呼吸吗？没有空气，人说话为什么听不见？为什么别的东西不会传播声音？地球也会"摘"苹果？

🧁 看拼音讲故事（2009.10.6 周二 晴）

行行和妈妈玩拼音卡片，用随机抽出的两张卡片造句或者编故事。行行很会编故事，他编的故事很完整、很有趣。记下其中的两个。

他要说的是j和sh，编成野鸡和狮子的故事：有一只野鸡，它跟一头狮子住在一个森林里。有一次，狮子在睡觉的时候，野鸡偷偷地落在了狮子的旁边，又过了一会儿，野鸡飞到了狮子的身上，然后把狮子弄醒了。狮子想抓野鸡，野鸡飞到了树上，狮子再想吃野鸡也吃不到。因为狮子不会爬树，所以它吃不到野鸡啦。

第二个故事：是整体认读音节yue（画面是月亮）和声母k（画面是蝌蚪）。

有一群蝌蚪看到了月亮和星星，不仅仅是蝌蚪看到了月亮和星星，人也看到了月亮和星星。那个人还发现了北极星和北斗七星。蝌蚪觉得奇怪的是，天上有个月亮，水里面也有个月亮，那是为什么呢？因为水里面的月亮是月亮的影子，所以它看到天上一个月亮，水里一个月亮。（呵呵，蝌蚪的视角和人的视角交替出现呢。）

今天爸爸妈妈出去有事，中午一点多回来时发现外公在沙发上打瞌睡，行行已经自己换好了衣服，钻到被子里准备午睡了。他弹完琴后看到外公睡着了，就没打扰他，自己睡午觉去了。

真是长大了，懂事了。

🧁 行行的教学观（2009.10.9 周五）

行行的梦

行行经常做梦，有的醒来还记得，但大半都忘记了，看样子，他做的多是好梦，因为梦中经常在笑，爸爸妈妈能听见。他说，前天晚上他梦见妈妈打了一把"巨伞"去上班，昨晚则梦见他的小伙伴蔚蔚骑着自行车回来了……

行行给妈妈的建议：行行说他们班的杨老师、刘老师经常叫学习差的同学起来回答问题，妈妈说自己经常叫成绩好的。行行很一本正经地对妈妈说：我给你提个建议，上课时要经常叫那些成绩差的学生回答问题，看他们有没有进步。又补充：也要经常叫那些学习好的，看他们有没有退步。

🧁 参观奇石展见闻录（2009.10.18 周日 多云）

行行的日记，妈妈当秘书

今天我和外公看了奇石展，看到了很多好看的石头，那些石头的颜色也很好看。那些石头有的像龙（双龙戏珠的龙），有的像白菜，还有的像鳄鱼、牛、鱼塘（钓鱼的池塘），还有像葡萄，还有的像冬瓜、南瓜，有的像摘下来的南瓜，还有的像长在藤子上的南瓜，还有的像两头牛在打架，还有的像水晶洞、像球的石头，我们觉得很有意思。

我们看到了六种颜色的根雕、石头。卡车上还有超级大石头。我外公还看见了一个小偷在偷石头。外公口渴了，他买了一瓶绿茶，我也尝了两口。然后外公休息了一会儿，我们就回家了。到512终点站的时候，买了一根甘蔗（带叶子的甘蔗），卖甘蔗的人把叶子给削掉了，然后我们就在淡泊湖那儿吃完了甘蔗。看见了吹笛子的爷爷，在七步桥下面，还听了他们吹笛子。另外一个吹笛子的人说那个爷爷的笛子裂口了，但是照样可以吹。

　　行行的日记是原生态的，里面既有主旋律看奇石，也给偷石头的小偷留下了一席之地；既听了笛子，也听了笛子已裂口的"杂音"。如此，才更真实吧。我有点怕给他指导作文，所谓指导，不过是以成人的思维模式来规范他们。

🧁 六岁的行行（2009.11.10　周二　小·雨，2～7℃）

　　亲爱的行行满六岁啦！

　　行行是小学一年级的一名优秀学生，用他自己的话来说，是班上五名好学生之一。他有很好的心态，很纯正的学习动机，学习《老子》让他明白不是为了一百分而学习，不是为了争第一名而学习。当然，他也有很浓的学习兴趣，很踏实的学习态度，担任语文、数学、音乐、红旗，共四科小组长。上学积极，作业认真，活泼开朗，文能唱歌讲故事，武能打拳……照妈妈看来，行行是在健康、快乐地成长着……这是上天对我们一家的赐福！

　　行行的身体比以前好了，抵抗力更强了，大拇指上终于长出了很鲜明的月牙儿，而且左右两手的中指也隐约可见那个健康圈。

　　行行能将《老子》背诵到第71章，还有10章就完成了全部《老子》的字面诵读。

　　行行的电子琴这学期也很有进步，节奏感更好了，《卡布里岛》《花儿与少年》《友谊地久天长》都学得很快。

行行的语文、数学测验有时是100分，有时是98分，偶尔会粗心大意一下。

行行可以独立下去找小朋友玩，天气晴朗的时候，吃完晚饭，在已完成了作业的情况下就迫不及待地出门了，临走没忘记说一声："我下去玩了——"。

行行懂得分享，关心身边的亲人和朋友，每逢较大的节日，如母亲节、父亲节、国庆，他都亲手给爸爸妈妈设计了礼物，让我们很感动。

当然啦，行行也有一些小小的缺点，比如做事有点不麻利，有时候弹琴不及时……相信每天都有新的进步的行行会渐渐改掉这些缺点。

祝愿行行在新的一年里健康、快乐、进步！

🧁 先结婚后出生，这是怎么回事（2009.11.15 周日）

行行自己阅读《杨家将》发现的问题：

行行对妈妈说，他发现《杨家将》这本书里面有一个错误：第十五回，杨宗保就和穆桂英成亲了，第十六回才说杨宗保的妈妈柴郡主生孩子……是顺序错了吧，怎么可以先说儿子结婚，再说妈妈生孩子呢？行行很不能理解，因为现在一家都只有一个孩子。

妈妈为行行的这个发现而惊喜，这不仅说明他自己看懂了，而且他还思考了里面的内容，也敢于判断作者的"错误"。妈妈解释了古人的"生孩子"并非只生一个，第十六回柴郡主生的是另一个孩子，即杨宗保的弟弟或者妹妹。

行行这种思考、敢于怀疑、提问的优点是妈妈也应该学习的。行行已经读完了《西游记》、《三国演义》，现在自己估计已经把《杨家将》看完了。

在孩子自己阅读并主动和父母交流他的读书体会时，父母一定要认真聆听。你听得越多，他就会读得越好。如果有条件，最好能选择那些专门的少儿出版社出版的图书。同一本书，不同的版式设计、装帧风格也能起到不同的阅读效果。

🧁 梦见一只超级大鸟（2009、11、18 周三）

行行晚上做了一个梦，醒来断断续续地讲给妈妈听："我梦见我们家飞来了一只大鸟，一只超级大的大鸟。"这一句行行本来讲得很有气势，可下面的声音就变小了，"我就去了厨房……外公对我说'没有什么好怕的'，我就出来了。"哦，原来，他不好意思说出自己在梦中的"怕"，才小声的。

妈妈猜测，那只超级大鸟大得让行行感到惧怕，于是像小时候一样躲到了厨房里，然后是外公给他鼓励，给他做思想工作，行行终于克服了自己的惧怕，走了出来，与大鸟面对面。不过，他始终没描述那只大鸟究竟长什么样，不知是记不清了呢，还是找不到合适的词语。

🧁 第一次发言（2009、11、20 周五 晴）

周三放学回来，行行带回来班主任布置的一项任务，写期中学习心得交流会的发言稿，他和另一位小朋友将代表一年级51名同学在全校发言。晚上，行行口述，妈妈记录并整理了一份发言稿。行行读学前班时听到过哥哥姐姐们的发言，妈妈发现对于一些格式，他还挺精通的。比如开头他说要写成："亲爱的老师们、同学们：大家好！我是一年级的行行"，结尾也是他要求的："我的发言完了，谢谢大家！"

妈妈说，那就写"我很高兴在这里交流……"，行行说他并不"很高兴"，觉得有点紧张；妈妈问他是否愿意发言，他说愿意，所以就把"很高兴"换成了"愿意"。

行行说，他以前就听别人发言时说过：考试时不要马虎，问妈妈是否写上，妈妈觉得既然别人已说过，就没有必要了。

发言稿写好了，行行大声读了好几遍。第二天，他睡到4点多就醒了，醒了对妈妈说稿子里忘了写"考试时不要马虎"，显然，他是操心着发言的事情。

周四下午，行行发言了，遗憾的是妈妈没听到。行行说一点也不紧张，看样子他表现不错，回家后心情很好，晚上主动弹了一个小时的琴。

附：行行的发言稿

亲爱的老师们、同学们：

大家好！我是一年级的行行。我很愿意在这里交流一下我的学习体会。

第一，上课认真听讲，不在下面玩东西，一边听讲一边动脑筋想。如果老师提问的话，先想好了，再举手回答或者到讲台上去做。

第二，老师布置的作业最好一回家就做，能独立完成的就自己独立完成，需要家长配合的时候就及时告诉家长。作业做完后，要认真检查一遍。万一有自己不会做的，或者没有发现的，老师批改后要及时改正。

第三，要养成看课外书的好习惯。我喜欢看《西游记》、《三国演义》、《史记故事》、《杨家将》，因为里面有吸引人的故事。

我的发言完了，谢谢大家！

主题：刹车（行行和外公的对话）

"'刹车'难道是一个人把车'杀'了吗？"

"车是没有生命的，怎么杀呢？"

"有一种车是有生命的。"

"十一号车有生命。"

"十一号车又吃饭又喝水，一天最多能跑60～100公里。"

"你有十一号车吗？"

"我有啊，人人都有。"

疼痛（2009.11.24 周二）

今天是个疼痛的日子。

妈妈今天上午四节课，中午回家时，像往常一样敲门后，仍然是行行来开门，但行行头上戴了个网状的头套，眼睛泪汪汪的。妈妈的心似乎是静止了那么一会儿，因为妈妈知道这时候不能大惊小怪。

进门后方知行行的头磕了……放学后，他的同学**拉着他，外公建议他们到小学前面的草坪上玩，行行在跳过那条沟的时候，**在后面扯了他一把，行行掉到了沟里，头磕在了石头上。

具体细节妈妈不得而知，尽管心里又怨外公不该，又怨**的不是，但事实已是这样，埋怨能代替得了行行的疼痛吗？然后到楼下刘奶奶家清理伤口，外公又背着行行到校医院，偏偏上午爸爸也不在家，又打电话，爸爸方才赶到校医院……

午饭后，外公与爸爸带行行到四七七医院去缝了三针，又打了破伤风针和消炎针。行行爸爸以前也没见过缝伤口的手术，很受刺激，心里很难受。妈妈下午又上课，没能同去。没去，心里也觉得很疼……

孩子，该如何做才能使你平平安安？爸爸妈妈都是有所敬畏的人，即使在这样的时代，也都恪守着很多在外人看来迂腐乃至傻气的准则做人、做事。妈妈的想法很单纯，那就是相信：积善之家，常有余庆；相信天道无亲，常与善人，相信我们的善和良知能给我们唯一的孩子带来平安。谁知道，还是免不了磕磕碰碰。也许，这是正常不过的事情。每个人特别是男孩子的成长总是要经受一些疼痛、捶打。如果是天意，如果是成长中绕不过的内容，那么，你就勇敢一些吧，行行！

事实上，行行是勇敢的，这件事情发生后，没在妈妈面前哭过，也没有想到过是别人的过错。行行是个坚强、豁达的男孩子！脆弱的是妈妈，妈妈的神经是那种敏感的、经不起事的。也正因为这样，在行行已经无所谓的时候，妈妈觉得心还在疼。

祈祷上天赐给行行平安、健康、快乐！

🧁 出题考妈妈（2009、12、10 周四）

有行行这样的一个孩子真快乐。行行闲不住，就给爸爸妈妈一人出了一套题目。晚上妈妈下课回来，行行已经睡了，看着他的桌子上的两份精心设计的考题，妈妈看一回，笑一回。干脆把它抄录在这里：

妈妈

一、画出最后一个钟的时间　10分（附图）

二、开火车　12分

三、填数字　36分

四、填词语　12分

五、附加题　20分

共90分，50分及格。可惜行行的手写体没法贴在这里了。

🧁 开始换牙了（2009、12、11 周五）

行行开始换牙啦！星期一早晨行行醒来，咳嗽了一两声，就嚷着要纸，他用纸擦了擦嘴巴，大约是觉得那种前所未有的感觉并没消失，就指着他的牙，也说不出个所以然来。妈妈猜是牙齿松了，晃了，果然是的，门牙，下面的门牙。从星期一一直晃到今天也还没掉。

回想从当初长出第一颗牙的欣喜到今天第一颗乳牙的即将脱落，似乎很漫长，又似很短暂，一天一天，想想还有历历在目的感觉。

行行有一口整齐洁白的乳牙，但愿行行也能换一口漂亮的恒牙。

🧁 跳绳：从0到274（2009、12、26 周六 冷）

行行在体育课上学会了跳绳。

现在最多可以一连跳97个，从一个都不会，到能跳两个、三个，再到二十多、三十多、五十多、……九十多个，几乎是在一个月之内，看样子，行行的运动能力也是很有潜力的哟！（2010.1.1跳116个）

行行于2010年1月9日参加了跳绳比赛，1分钟跳了144个，是一年级的第四名。第一名：*靖怡166；第二名：*思瀚163；第三名：*锐149。

行行今天在家跳了152个。下午又涨了，一次跳207个。破记录了。274个，又破记录了！

行行告诉妈妈这几天他总是要把脚的大趾头和二趾头叠在一起，不这样做就"难过"（其实是"难受"），妈妈觉得有意思，因为外婆是背趾头，妈妈小时候也是，是外婆给捏直的。难道遗传基因在起作用？

🧁 民族英雄——岳飞（2010.1.1 周五 晴）

行行的第一颗恒牙冒出来了！

昨天下午，小学举行了爱国故事大赛，行行又代表一年级上台发言，与第一次发言不同的是，这次是脱稿的。行行这一段时间一直在看杨家将的故事、岳飞的故事，就建议他讲岳飞的故事，从网上和书上摘录了一些，整理成了这样的一个故事：

民族英雄——岳飞

南宋时期，岳飞出生于汤阴县，由岳母悉心教导成人，并得周侗传授一身好武艺。适逢国宗多难，岳飞立志从戎，岳母遂在其背上刺上"精忠报国"四字作为训诫。岳飞为徽宗效力，遇上金弹子出师入寇。奸臣张邦昌媚敌求和，岳飞上书直谏皇上，但反被斥责。甚时，金兀术再度进攻，并把徽、钦二帝掳走，岳飞再次被马入伍。岳家军勇猛非常，在朱仙镇逼得金兵走投无路。奸臣秦桧被金人收买，下十二道金牌召岳飞回朝，更将岳飞困在狱中，迫使岳飞含冤而死。

岳飞父子死后，牛皋率领众兄弟和岳家军到太行山继续抗击金兵，逐渐稳住了南宋半壁江山。金兀术被牛皋打死，金国无力再战，从此求和。此后，岳飞被中华民族历朝历代所敬仰。西湖边岳王庙香火鼎盛，前来瞻仰祭拜的人络绎不绝。

　　这个故事人物很多，而言简洁雅驯，背下来有一定难度，但行行并不怎么费力就将它记住了。每一句话都能指出是出自他看的《岳飞传》的哪一章。在家里试讲时语速适中，语调抑扬顿挫。行行说他上台也没有紧张，他是第一个上台。六岁多一点能在大庭广众之下将这样一个颇有难度的故事完整讲下来，真的很棒。遗憾的是妈妈下午上课没听到行行在台上的表演。

　　《老子》第81章今天也即将结束。复习之后，准备让行行学《声律启蒙》，挺有意思的一本书。行行还说读的时候不要让外公听到了，等他学会了好和外公比赛对对子。

　　我感到幸福的是，我父亲对我的教育从来都不是填鸭式的……他从来都让我自己去尝试新鲜事物，甚至让我自己去碰壁，然后总结经验，得到教训，他不允许我不动脑筋地做事，他要求我做什么都要自己先想想看。

——穆勒《我的自传》

🧁 这样的男子汉（2010.1）

　　行行和妈妈一起上街回来，公交车上很挤，妈妈一手拎了三个袋子，另一只手扶着他。等到新校区时，学生们都下车了，空出了很多座位，行行和妈妈坐在了一排。妈妈随口说了句："胳膊都拎酸了。"行行听见了之后，很有男子汉气概地把妈妈手中的一个袋子接了过去，又接了第二个，还非要接第三个。

　　看他那自豪的样子，仿佛他是顶天立地的大英雄似的。就像他这段时间爱唱的那首《中国龙》：我上山是虎，我下海是龙，我是天地间堂堂的大英雄！

　　下车时，行行还执意要提那两个袋子。下车之后，妈妈让他腾出手来把棉袄拉链拉上。这小英雄可真健忘，拉上了拉链之后，他居然把自己刚才的"英雄事迹"给忘了，注意力被烤红薯吸引过去了。

2010年1月30日，周六，行行今天掉了第二颗乳牙，下门牙。

🧁 我说错了吗？（2010.3.23 周二）

行行一天一天长大了。

这段时间妈妈有点忙，没怎么给行行记日记了。两个月的时间，行行的变化挺大的。

回老家过春节，他很兴奋、乐意，把能尝试的"农活"都尝试了一遍，譬如拔萝卜、喂猪、喂牛、捡松果、除草，甚至还和爷爷一起去山上刨过树叶。在土地上跑来跑去的，他也很健康，看来以后可以多回老家过年。

行行去冯老师那里学钢琴了。才去过一次，看样子他很喜欢冯老师，回来后挺兴奋、满意的样子。

行行知道怕羞了。有一天，有潘老师在座，行行说冯老师家的厨房里放了一张床，马上遭到了外婆的纠正，说床不可能放在厨房。我也附和着。行行的脸马上红通通的。显然，他认为自己说错了话。后来，妈妈问了乔乔的妈妈，得知冯老师这套房子只做琴房，并不做饭，的确在厨房外的小房间里支了一张小床，那个小房间也可以算作"厨房"的范围。所以，行行并没有说错。妈妈后来在饭桌上澄清了这一"真相"。大人们喜欢以他们的常识和"正确"纠正孩子们自己对世界的观察、看法及表达，尤其是老人。

行行出的脑筋急转弯：

1. 什么你也可以脱，我也可以脱，但我们不可能同时脱？（他大约是模仿一个做梦的脑筋急转弯：什么你也可以做，我也可以做，但全世界没有两个人会做一样的。）行行的答案是：脱皮。哈哈！

2. 行行写了几个数字，问哪个最大：250,360,118,372,163。正确答案：360，而不是372，因为360是状元。

父母如果发现自己在某件事情上弄错了，应该及时向孩子道歉。从小就应该让孩子有这样的意识：在真理面前，人人平等。

🧁 看图说话（2010.3.29 周一 阴天，小·雨）

行行从3月17日星期三理发、洗澡（二月初二）以来，就一直处于感冒状态。现在还有些咳嗽。

每年春天，还有秋天季节转换时，都会因为穿得太多受热出汗而导致感冒、咳嗽，为什么就不接受教训少穿一些衣服呢？为什么不能向乔乔妈妈学习学习呢？世界上没有比我在穿衣服上更弱智的妈妈！！！

妈妈看见的行行的第一篇作文（看图说话）

十二：看图说话。（15分）

看图，请用上"春风、小草、花儿、小鸟"等词语，以"春天来了"为题写几句通顺连贯的话。

（附图）

春天来了，春风qing qing 的吹，小草fa ya le ，花儿dou 开了。小鸟在空中唱着"春天来了，春天来了"。hu die在空中飞，小鱼儿在水里游，春天真的来了。

杨老师在"的"上画了一个圈，批了一个漂亮的Good！这次的语文测试，行行考了99分。

🧁 长了"腿"的东西（2010.4）

自从行行的腿告别了爬行阶段，变成了走路的腿之后，家里的东西就常常和他一样也"长了腿"。妈妈桌子上的胶水啦，双面胶啦，更不用说笔和书了，不知道什么时候就离开了它们的工作岗位，或者藏到了阳台上行行采集回来的野草堆里，或者悠然地躺在餐桌上偷懒，或者冬眠在沙发的某个空隙处，直待几个月之后某个偶然的机会才会重见天日。

每当这时问行行拿了没有，他都会一脸天真地反问妈妈："你又没找到吗？你以后小心点。"然后还很卖力地帮妈妈找上一遍，结果，该找的东西没找着，或许又有几样东西长"腿"逃离了本该属于它们的位置。

🧁 行行的同学和老师（2010.4）

某日，爸爸、妈妈和行行逛童鞋店，给行行买鞋。我们在里面看，他在门口溜达，突然之间，他有些兴奋、有些害羞地走了进来，脸上的表情像是在笑，又像是要尽力克制着，显得和平常一样正常。

妈妈正琢磨他这表情是什么意思，这时，和他差不多同时进门的一个女孩子落落大方地告诉我："我和行行是同学。"随她同来的一个大人和一个孩子很快地在店里转了一圈，然后扬长而去。行行这才告诉我，这是他们班的亚薇，"阅读能力很强"。

行行说数学刘老师是这样解释"聪明"的："` ′"代表两只眼睛看的，"口"代表嘴巴说的，"心"表示要用心，"耳"表示要用耳朵听，这是"聪"，日日如此，月月如此，日日如此，这是"明"……妈妈也很受启发。

行行班上有一位刘帆同学常偷懒，每次写生字组词总是与最好写的"了"搭配。如"王了"，"瓶了"，"蜻了"，"蜓了"……语文杨老师无可奈何，模仿他称呼他为"刘了帆了"。

行行班上有一位严今同学九岁了还读一年级，在语文作业本上把"杨老师"写成了"杨老帅"。杨老师见了哭笑不得。

上了小学的行行性格变得更开朗了，渐渐地融入了这个大集体，有了自己的好朋友，并学会了关注周围的老师、同学。这是妈妈感到最欣慰的事情。

🧁 "五·一"清晨五点弹《五月》（2010.5）

冯老师（行行的钢琴老师）语录：

冯老师告诉行行，钢琴的每一个音要弹得有力、利索，她以拍蚊子打比方，手指头软绵绵地弹下去，就好比是慢悠悠地伸手去拍，等手伸过去，蚊子早就飞走了；手指弹下去了不利索，就好比是两手拍到了一个蚊子，却不把手放松，还紧紧地把蚊子摁在手里。

冯老师说，弹每一个音的时候要想象到很远的人能听到你弹的声音，很远的亲人、很远的小朋友。比如说北京的小朋友，甚至国外的小朋友……

冯老师的笑有一种神奇的魅力，能把在场的人带回童年……

冯老师四月份让行行练了一首曲子《五月》，冯老师说：马上就五月了，要行行想象那一派春意盎然的样子——花儿都开了，蝴蝶到处飞……回课的时候刚好是"五·一"前一周，冯老师和行行开玩笑说：到"五·一"那一天，你一大早就起来弹这首曲子，让它告诉大家——"五·一"到了。……

四月三十日晚上是世博会开幕式，行行虽然不太热心看节目，但还是磨蹭到快十点才睡，我们猜他明晨也许会多睡一会儿再起床。谁知凌晨五点多天刚亮行行就醒了，马上起床，然后，妈妈听见琴响了一两分钟。待行行蹑手蹑脚到妈妈床边向妈妈脸上呵气、轻轻地揪妈妈的头发时，妈妈责备他不应该起这么早。行行说："我本来也不想这么早起床的，但是想起了一句话。"妈妈不知道是什么特别的话，行行说："冯老师说让我五·一早晨起来弹《五月》。"他奉冯老师的话为圣旨，父母的话就降格成了耳旁风。

遇上行行弹得不好时，冯老师就说："嗯，这是小赖皮弹的。""弹得跟刺猬一样。"她不曾严厉地批评过行行。

"（弹琴）基本的规律还是有的：就是手指要坚强有力，富于弹性；手腕和手臂要绝对放松，自然，不能有半点儿发僵发硬。放松的手弹出来的音不管是极

轻的还是极响的，音都丰满，柔和，余音袅袅，可以致远。发硬的手弹出来的音是单薄的，干枯的，粗暴的，短促的，没有韵味的。弹琴时要让整个上半身的重量直接灌注到手指，力量才会旺盛，才会取之不尽，用之不竭。而且用放松的手弹琴，手不容易疲倦。但究竟怎样才能放松，怎样放松才对，都非言语能说明，有时反而令人误会，主要是靠长期的体会与实践。"

——傅雷《与傅聪谈音乐》

🧁 行行的乐园——七步桥（2010.5）

去年经过一番开发改造，淡泊湖畔的山焕发出新的面貌：依山修了几条鹅卵石的小路蜿蜒而上，除去杂草灌木后种上了漫山的樱桃树，中间是人工种植的草皮，一孔小桥静静地立于丛林之下溪涧之上，名曰"七步桥"，显然是为了与隆中山相协调，取自于《三国》了。此处盛产樱桃，每年"五·一"前后，家家户户房前屋后碧树红果，盎然的绿已够惹眼了，再衬上那纯正的红，不仅引得路人、游人驻足，连空中那大大小小的鸟儿也馋得非来品尝一番后，才肯在主人"去、去"的吆喝中展翅而去。七步桥周围种得也不是那中看而不结果的樱花树了，而是实实在在的樱桃树。

妈妈好久不曾去过，前几天在行行的鼓动带领下漫步七步桥，还真是大大地吃了一惊，那树枝上竟密密麻麻地挂满了黄豆大小的樱桃，漫山遍野，数不胜数。妈妈还以为这果子长不大呢，行行却坚持认为再过几天它们就可以变成我们吃的那种大大的红樱桃了。自此（或许在这之前早已开始），七步桥成了行行时时挂在心上、有空就想去的胜地了。可惜距离住处尚有千米左右，也不是每日放学之后就能去看。

"五·一"假前妈妈下班经过此处，见学生们团团地围在路边的樱桃树下，远远望去，树上竟是一片金黄了。"五·一"行行终于逮着机会了，早晨去了一趟，带回了自己摘下的三颗青中带黄的樱桃，又是放在鼻子上闻，又是放在秤上称。买来的樱桃虽然更红一些，行行却更宝贝自己摘来的。

下午找了个借口又让爸爸骑车顶着烈日前往七步桥，那些樱桃却全然不理会行行的急切心情，仍然按部就班地在那里长着，颗粒饱满地青着，那些显黄一点的要么被鸟儿不客气地先行品尝了，要么被好奇又馋嘴的学生们摘走了。可怜的行行，既没有鸟儿一览众山的视野，又没有学生们来去自如的自由，不知什么时候才能在七步桥乐园摘到一颗成熟的樱桃。

虽是冲着樱桃而去，没能摘着红樱桃他倒也不在乎。那些拔节而起的高粱苔和马上就要开花的野韭菜在他眼中的魅力也并不逊于樱桃。行行在樱桃树下像个勤劳的农人一样拔了许多的高粱苔和韭菜花，爸爸则坐在另一棵樱桃树下进入了梦乡……直到太阳快落山时，这父子俩才满载而归。行行手里是一把精挑细选的韭菜花，阳台上的植物展览处又多了一个品种；爸爸则补了一个美美的午觉。

🧁 你会咬着牙喝水吗（2010.5 晴）

行行昨日在学校开期中总结大会时掉了第三颗乳牙——上门牙。平时没觉得上门牙占据了那么宽的一个位置，大约有两个下门牙那么宽。这下行行成了真正的豁牙子了。一笑，别有一番童趣。

行行为此出的脑筋急转弯——为什么咬着牙水还是被喝进去了？答案：正在换牙，好大一个洞。

🧁 给妈妈盛饭（2010.5.11 周二 晴）

晚饭时，只有行行和妈妈在家，妈妈给行行盛好了饭，然后接了个电话，五分钟左右的时间。妈妈听到行行招呼妈妈吃饭，等妈妈过来的时候，他已经从消毒柜里取出了一个碗，踮着脚给妈妈盛好饭，又取出一双筷子，笑盈盈地望着妈妈。

🧁 做梦结婚啦（2010.5.29 周六 晴）

行行今天早晨醒来告诉妈妈说，他昨晚梦见在西门桥护城河旁的一家酒店结婚，那家酒店上面有个"心"形，问新娘子是谁，他说不知道她叫什么名字，忘记了；问长什么样，他说，就长得像平常结婚的新娘子那样。哈哈，行行眼中的结婚就是穿婚纱的新娘子与穿西装的新郎，手捧玫瑰站在酒店门口。更有趣的是，他的婚礼主持人是好朋友乔乔，而婚礼上的爸爸妈妈比现在略老。

🧁 最感恩的是外婆（2010.6.9 周三）

行行有天中午在饭桌上兴致颇高地说：今天我们上品德课了，陈老师又提问了。陈老师是行行最喜欢的老师之一，品德课是他很期待的课。妈妈问：陈老师问了什么呢？看样子行行发言了，还在想那件事呢。可是行行不说话了。吃完了，他附在妈妈耳朵上悄声说了句："我最爱的还是你。"妈妈并没有在意。

今天妈妈和陈老师聊天，陈老师告诉妈妈：有一次他们在课堂上讨论"感恩"，让小朋友们都说说自己最感恩的人是谁，行行站起来发言说他最感恩的是外婆，因为外婆天天给他做饭、洗衣服，照顾他，很辛苦。

妈妈听了简直想流泪，这孩子除了对妈妈说过"甜言蜜语"之外，很少直白地表达对其他亲人的爱。妈妈也不强求，毕竟要长成中国式的男子汉，还是含蓄深沉一点好。谁知道他心里可都清清楚楚啊。

这也才明白那一天在饭桌上他为什么欲言又止，看来他本来是想报告这件事，可外婆也在场，他不愿意直接在外婆面前表白呢。妈妈猜他又在心里权衡了一下外婆和妈妈的位置，区别了一下"感恩"和"爱"，单独说给妈妈听的那句话似乎是要向妈妈解释什么。小小的心里考虑的事情还不少呢。孩子，懂得感恩外婆和更多的人了，妈妈为你的成长高兴都来不及呢，你何需那样周全地向妈妈解释？如果你只知道爱妈妈一个人，那将是妈妈最大的失败。

越来越懂事（2010.7.14 周日）

行行越来越懂事了。他早晨起床时蹑手蹑脚，生怕惊醒了妈妈。今天早晨，他还把晚上盖的浴巾叠得整整齐齐，睡衣也叠好了，才起床。还给妈妈上了闹钟。

前天下去玩时，看见门口放了一袋垃圾，行行居然先把垃圾拎下去丢进垃圾桶，然后才回来和小朋友一起玩。

弹琴、读故事也非常认真。

宇宙间的事物有神奇的联系。妈妈这几天在痛悔自己的错误，行行的表现多像是上天给妈妈树立的榜样。

第一次参加钢琴比赛（2010.7.18 周日 雨）

行行参加全国少儿钢琴"星海杯"大赛啦！

冯老师教的学生都参加了2010年第十三届"星海杯"全国少年儿童钢琴比赛。行行的参赛曲目是《赛马》，好像是从7月2日开始准备的，将近半个月的时间。开始老出错：手形不对、弹错音、左右手配合不协调啦等等。7月12日爸爸出门去九寨沟时很不放心。但是事实证明，这一周行行练得很认真，每天上下午各练一小时。昨天彩排的时候，冯老师都没有挑出什么毛病，说行行弹得不错。而且称行行是"比赛型选手"。

今天行行是第11号，前面十位全是女孩，行行作为第一个上台的男孩不显紧张，台风也很不错，可以用从容不迫、彬彬有礼、正常发挥来概括。注视评委3秒钟，然后落座，准备5秒钟后开始弹，弹的节奏、力度都不错，收尾也很讲究，然后又鞠躬，就是下台时表现了男孩子的天性，没走台阶，直接从台上跳了下来，走回参赛前的位子上。整个过程妈妈评99分。（我们在外面隔着玻璃听得不大真切，如果有问题，也是后半截较快一点。后来结果出来了，行行果然得奖了。）

中午张阿姨、陈叔叔请客，也有为行行庆祝的意思。

行行的成长、懂事给妈妈惊喜，也让妈妈不时自我反省，改过自新。妈妈要不断砥砺自己、不断完善自己，才配做行行的母亲。

🧁 佩芷语录（2010.8.22 周日 阴）

今天爸爸妈妈带行行和佩芷到植物园玩。

佩芷拾起了地上的一片鸟羽，说："这是哪只鸟儿掉的呢？我先捡起来，一会儿发现它了再还给它。"过了一会儿，飞过一只白鹭，她还真对着它喊："白鹭，你的羽毛！"鸟儿飞过去了，佩芷自己解释白鹭不理她的原因：是因为它听不懂人类的语言。

中午回来吃饭，吃鱼子，大姨对她解释每一条小鱼儿都是从小小的鱼子长成的。她惊问：那我的肚子里，过一会儿是不是有好多小鱼儿游来游去？吃饭即将结束时，佩芷望着盘子里鱼骨架上尖尖的刺，又产生疑问了，好奇地问："鱼儿游泳时这些刺会不会戳得它很痛？"

佩芷妈妈记录的佩芷趣事：

一、她征得我的同意，剪下电器上的合格证来玩。

她突然问我：合格证是什么意思？

我说：有合格证就是说这个产品是好的，可以让人放心使用的。

她又问：那我的合格证呢？

我笑：你是不合格产品。

她撒娇，扬手假装生气了要打我：才不是呢。

我逗她，既然你合格，那你的合格证在哪儿？

她想都不想，摸着头说：在头发里。

二、有天坐车上，给她一颗清凉喉糖吃。

她说：妈妈，我嘴巴里像开了空调一样呢！

三、想必每一个妈妈，都读过这个故事。这个故事写得可真美。圣诞节当天是丫头的学校开放日，家长可以去学校观摩及亲子互动。当天就是上的这一课，老师的状态非常好。上完课后，老师在电脑上放了几幅图片，让小朋友们发言，来描述对妈妈的爱。图片有蓝天，大海，小草，花朵，飞机……

小朋友们说：蓝天有多高（蓝），我就有多爱你；大海有多长（远、宽），我就有多爱你；小草有多"高"（绿），我就有多爱你；花儿有多香（美），我就有多爱你；飞机飞得有多远（高），我就有多爱你。

丫头一直没有举手，老师也没有叫她。上完课，她飞奔过来，扑向我的怀抱。我蹲下来问她，为什么不举手，是不是没想好？她说：我不想说。我问：那你要不要把你想说的，只告诉妈妈？她凑在我耳边轻轻地说：花儿有多红，我就有多爱你。

四、她有些感冒，我劝她喝药，双黄连口服液，有些苦。我说：良药苦口，喝了病就好了。她反驳：上次我喝的药，是甜的，喝了也好了。——谁说良药一定苦口？她的逻辑对，我不得不承认。

"记得一回，是初春太阳煦煦的午后，家家在院里晒被褥，隔邻门口一辆红色推车里放着个女娃娃，玉琢琢一团粉人儿，自管一会儿舞拳，一会儿踢脚，一会儿又笑，简直没有半刻停滞，每一寸都是绝对灵动的。且令人羡慕极了她的眼睛，眼白透着澄静的瓷蓝，是婴儿的眼睛才有的那种蓝。我看着一边却惆怅起来，心想这一刻怎么也无法留住了，她自己也永远不会知道的，柯达相片留下来的当然不能算，最终是唯我看到、知道……

生活当中，不知有多少多少这样一刻，想留住留不住，像京戏里密鼓紧锣碰锵一停、亮相，像抽刀断水——水更流。我非常悲哀地发现，稍纵即逝，除了提笔，几乎没有任何方式可以留住。若有所谓写作动机，或者我为的就是这个。"

——朱天文《提笔》

🧁 700字的"逗狗日记"（2010.9.11 周六 晴）

今天，我去了菜地。我看到了一只大狗，我很想跟它玩，喂狗的阿yi说："没事儿，这只狗性格温顺，你可以跟它玩。"我就摘了一个lajiao，把lajiao放到地上，然后那只狗闻了闻lajiao，又把lajiao放到地上。可以看出，这只狗明显对lajiao不感兴趣。我又弄了一片红薯叶子，我把红薯叶子也放到地上，那只狗先是闻红薯叶子，它tian湿了红薯叶子，它还把红薯叶子si成两半，一半一半地放在地上。我还摘了一种陌生的草，那只狗对草似乎比较感兴趣。它先用爪子按住草，又用嘴舔湿了草。我想让狗跳起来，阿yi让狗转了几quan，把它转yun了狗才跳起来。我给狗闻了闻草，然后manman升高，狗jing然跳了起来！我又按原来的方法试了一次，没想到的是：狗又没跳起来，这是为什么呢？我可以说是百思不得其jie。我连试了几次，jing然都没有跳起来！我又用草把狗的毛刮了几下，又有一件没想到的事发生了，我刮的时hou，狗jing然全身jin张，我觉得很奇怪，就问阿姨这是为什么，她说："这个地方我估计我们都还没摸过，所以会jin张，其实，我也没最准确的答an。"我问她狗为什么天生就又有胡须，她说："我不知道，估计只有动物学家才知道，我只知道猫的胡须可以干什么。"我又问她："猫的胡须可以干什么？有什么用？"她说："猫的胡须能测量老鼠洞，还能知道风向等，我还没听说过猫从高处掉下来shuai死了的消息。"我又说："狗的胡须的作用应该和猫的胡须的作用相似吧。"她说："应该是这样吧，你回去了让你的爸爸妈妈查一下。我说了，我也没有准确的答an呀！"我问："您这一只狗是不是雪qiao狗？"她说："是啊，这只狗是雪qiao狗，你是怎么知道的？"我说："我问了我的好朋友的妈妈，她曾经说过，这一只狗是雪qiao狗，所以我知道。"我又说："好了，我要回家了。"然后，我、阿yi和狗都回家了。阿姨的那一只雪qiao狗还依依不舍地看着我呢！（拼音的声调妈妈打不出来呢。）

行行写了一篇700字的"逗狗日记"。周末，语文吴老师布置的作业是写一篇日记。今天上午，行行去菜园时曾逗过后面那栋楼里的一只大雪橇狗。他行云流水般地创作了一篇长达700字的日记。起初，他写了一页半才拿来妈妈看（妈妈还以为他在打草稿呢，没想到这小家伙还颇有一挥而就的本事，既没有打草稿，也没有请教妈妈，一气呵成，有些比较难的字也会写，如"红薯"的"薯"，妈妈都不知道他是在何时何处对这个字留下了深刻印象，写得一点都不错。不会写的字就用拼音代替，如"阿姨"写成"阿 yi"。）我们都说写两页就够了，考大学时才要800字呢。没想到行行文兴大发，非要接着向下写。

他问妈妈狗的胡须有什么作用，妈妈说只知道猫的胡须可以测量老鼠洞，尚不知道狗的胡须有什么用，就在网上查了一下，将网上的资料读给行行听。令妈妈惊奇的是，行行居然很自然地将我们之间的对话"虚构"成了他和阿姨的对话，将之写进了日记中……这家伙有点创作的天赋呢！

他在文中用到了不少标点符号，比如感叹号（他认为用感叹号的句子里面就应该有"竟然"两个字）、引号、冒号，还用到了一些成语，如"百思不得其解"。结尾写得较平常。妈妈告诉行行"凤头、猪肚、豹尾"，让行行把结尾改成豹尾，行行脱口而出，"像唐朝诗人***一样。"（妈妈现在居然都没想起他说的那人是谁）。他说是我们过去读过的一个故事，他的四句诗起初很平淡，后来经人启发换了一下顺序，就变得很不寻常了。妈妈惊叹行行的记忆力！行行就在最后又加了一句，有点像豹子尾巴啦。

🧁 行行日记：崂山游（2010.9.22 周三）

今年暑假，我和爸爸妈妈去了崂山。崂山号称"海上名山第一"，那里有山有水，风景优美。

我们在导游的带领下经过了栈桥、五四广场、珍珠养殖基地，导游还说："如果今天没有雾，我们还能看到珍珠蚌"。接着，我们就去参观了珍珠养殖场。没想到的是，好看的珍珠竟然长在黑乎乎的蚌里面，而且，一个蚌里面能长十几颗。但是，把蚌的皮bo掉它也变得很好看了。

接着，我们到了崂山第一个景点——百变小岛。第一次看到时它像鲍鱼壳，再看时它又像老shu，还有一根长长的尾巴呢！换个方向再看，它又像xi牛，百变小岛正是因此而得名。

沿途还看到了有趣的青蛙石。它是一块很像青蛙的大石头，它dun在海边，一动不动地看着一望无际的大海。传说它本来是天上的金chan大将，有一年，它看见青岛发洪水，就下来帮助老百姓。结果把洪水治好了，它却违反了天条，被玉皇大di定在海边一千年。据说明年就是一千年了，也许明年游客们就再也见不到了，因为它"升天"了。

我们还看到了莲花山、善恶两面人、海底玉、拜佛石。其中我最感兴趣的是莲花山，莲花山并不是一座山，而是九座山。四周的八座山像花ban，中间的一座山就像花蕊。拜佛石是tangseng、孙悟空、沙和尚去西天取经的石像，却少了八jie。我猜想他独自去tou吃果子了。

也许，我们很久不会去崂山了，但是，这次去崂山所看到的东西却永远不会忘记。

🧁 行行日记：鱼缸里的"战斗"（2010.10.24 周日）

国庆节七天长假中的一天，我和妈妈去买了金鱼。

我们开始时把金鱼放在鱼缸里，喂了点儿鱼食，鱼儿们都争先kong后地去抢食。我正高兴地看着它们，谁知道一条红色的鱼把鱼食都几乎抢光了。它就像这几条鱼之中的"ba王"一样，特别喜欢欺负别的鱼，它常常追着去咬另外几条鱼。

有一天清chen，我jixu观cha鱼。我一看，惊呆了，"ba王"把一条黑色的鱼咬死了。我想：它那么厉害，别的鱼会不会都被它咬死呢？果然，过了几天，又有两条鱼被它咬死了。现在只剩下它和另一条红金鱼了，我又想它会不会nue待那一条红金鱼呢？

每次我去观cha它们的时候，"ba王"总是追着另一条金鱼游，像是要咬它的尾巴。那一条小金鱼也很聪明，ou而它会回头向相反的方向游去。"ba王"措手不及，扑了个空。我在旁边看得都笑了。

鱼儿最喜欢听音乐，每当我弹钢琴的时候，它们就不再你追我赶了，它们是在欣赏音乐还是在shui觉呢？

🧁 行行日记：参观动物园（2010.11.20 周六）

今天，我和外公去了动物园。

我们首先看了凶猛的动物，比如说狼、bao子、狮子……还看到了锦鸡，锦鸡长的五彩斑lan，有红色、绿色……还有一种猴子——猕猴，我和外公买了一包小麻花喂它们，外公把麻花放在地上，它们还用爪子捡起来，ca一ca了再吃。外公说："你看这些猴子多讲卫生，还捡起来ca一下了再吃。"其实书上说猴子有红屁股是真的，我仔细看了看，果然如此。还有一头大棕熊，我外公让它作yi它就作yi，很有意思。另外还有孔que、袋鼠、豪猪……有很多动物。

我们还看了海狮表演，有钻圈、顶球等。我们走着走着，又回到看mi猴的地方了，我们把剩下的麻花都给了mi猴。然后我和外公走出了动物园。我想：去动物园玩真有趣。

🧁 行行日记：菜园行（2010.11.27 周六）

今天，我和妈妈去了菜园。自从外公外婆走后，菜园就没有人guan理了。我们本来以为这些菜地会huang芜，去看了才知道，一个多月之前撒下的种子，竟然已经长成了满园的青菜，而且长得很茂盛。蒜苗已经长了很多片叶子了，上海青也长得很好，叶子几乎没有被虫吃，只有韭菜被霜打的低了头。前一段时间，我们zhai了一个南瓜，称了一下有六斤重，这一次还发现了一个比它小一些的南瓜，皮已经变黄了，我们准备留着下一次zhai。

菜园周围开满了一丛丛的野菊花，一阵风吹来，妈妈指着纷纷落下的树叶，说："行行，看，听！"正在这时，有一颗橡子落下来，正好打在我的头上，把我吓了一跳，原来是大树爷爷在打弹弓逗我玩呢！我听到了树叶弹奏出的"沙沙"声。

🧁 不知不觉七岁了（2010.11.29 周一 晴）

行行满七岁了。不知不觉间，小伙子已经懂事了，长大了。上学放学他不仅不要人接，还羞于有人接他。有时外公在这里，不自觉地会到校门口等他，他见了总是低着头避开。

他最近会洗脸、洗脚，自觉刷牙；

他试着自己从热水瓶里倒了几次水；

他要求自己带钥匙；

他试着用刀切什么东西，不小心被划破了一块皮，瞒着妈妈；

他和小朋友们一起玩，不愿意大人陪着，他说：有人陪着，我觉得玩得不舒服；

他说他要构思写一篇小说，与我们家种的南瓜有关；

他养成了自觉弹琴的习惯，每天中午放学后弹琴一小时；

他喜欢玩小朋友们中流行的游戏，比如悠悠球，已经买了三个；

他在周末的早晨醒来后会自己穿好一件又一件衣服，不惊醒妈妈；

他在书包里放了乒乓球、球拍、跳绳；

他喜欢看《东周列国传》，熟知《三国演义》、《水浒传》、《封神演义》、《岳飞传》、《杨家将》，常常可一字不差地向我们讲述其中的某一片段，如秦穆公在女儿弄玉飞仙之后说的："可见神仙的事情……如果……我愿意丢弃天下就如丢掉一只破鞋子那样。"（行行有过目不忘的天赋）

……

他也有自己不懂的。

他问："为什么男生宿舍要和女生宿舍分开？"

他还不知道爷爷离世是怎么一回事。

今天早晨起床后，他撇着嘴，差点流泪，因为老师要求的《小学生古诗70首》的前32首他还没有百分百的把握，今天要检查。不得已，妈妈和他坐在床上一首首过关，原来都会背，只是不确信而已。他说李白的《早发白帝城》和《望天门山》有点混，因为两首顺序相连，妈妈给他讲解了一下，前一首走了很远很远的路，后一首是一个特写。他相信了自己，才欢欢喜喜地起床，准备上学。

"我认为教育孩子不应先确定是要把他培养成音乐家还是画家，我们不能先入为主地有一个既定目标。最首要的一点，是以把孩子培养成为正直高尚的人作为目的。至于他将来到底是做学者，还是做政治家、企业家，这应该让孩子长大后自己选择。早期教育的先驱老卡尔威特，就正是用这种方法培养他的儿子的。"

——[日]铃木镇一

🧁 新年新打算（2011.1.18 周二 小雪）

今天，行行终于期末考试结束了。

这次，我们放假比小学早。今年冬天天气比较恶劣，冬至后，冷空气一股接一股地来，小心又谨慎，行行还是感冒了。因为咳嗽又引发了中耳炎，在学校医院打了两次针，耳朵是好了，可咳嗽还未止。今天，爸爸又带行行去中医院看大夫去了。但愿行行兔年把身体锻炼得棒棒的，百病不侵！而且，2011年行行即将满八岁，"八"是男孩子的一个生命周期数字。过了第一个八岁，应当是元气充足，各种脏器也都发育得比较完备。

妈妈期待着更加健康、更加活泼的行行！

在我们这个三口之家中，行行带来的快乐与惊喜是层出不穷的，而爸爸妈妈因为成人世界的熏蒙，有时候竟然不能好好体会这种幸福，反而将眼睛盯在他的一些小缺点上，唠唠叨叨，这真是爸妈的愚昧了。我们通过反省，决定换一种心境，换一种眼光生活，始终以欣赏、期待的眼睛去看待行行，给他充分的自由与空间，尽情地吮吸来自大自然与社会的多方面养分，成长为一个既不同于爸爸也不同于妈妈的独立个体。

如果你的孩子只是你的翻版，那将是人生最大的失败。孩子应该是全新的一个人，父母所想象不到的一个新人。

应避免将我们认可的规范强加于他。

附录：行行期末考试的作文（实乃看图写话）

图上画了一只老虎，一只正在啃胡萝卜的小兔（2010年是虎年）。

要求：农历的虎年即将过去，兔年快来了！虎大哥遇到兔小弟会做些什么？会说些什么呢？放飞你想象的翅膀，写写吧。

行行的作文：

虎年即将过去，虎大哥说："小兔，你不要骄傲，要注意身体健康，不能生病，心情要好，要不怕困难。"小兔说："虎大哥，请你放心，你说的这些我都做得到，你也是一样，也要做到你说的这xie。"小兔说完以后，虎大哥给了小兔一个胡萝卜，虎大哥说："十二年后去我们家玩！"说完，虎大哥就跑得无影无踪了。

妈妈觉得挺有趣，"十二年后去我们家玩！"尤其富有童趣。老师给了行行满分（13分），语文考了100分。

行行的另外一篇"想象与故事"（20分）也很有意思，附录于下。

题目：小猴子摘了一大串葡萄正准备吃，一不小心，葡萄掉了下来，被站在下面的小兔子和松鼠看到了，他们俩看到葡萄会怎么样？后来会发生什么事？请你把想象的故事写下来吧！

行行的作文：

小兔子和小松鼠看到了之后，它们对小猴子说："小猴，你摘几颗葡萄给我们尝尝，行吗？""行。"于是，小猴子马上摘了几颗，给了小松鼠和小兔子。小松鼠和小兔子都尝了一颗，啊，真甜！于是它们让小猴子多给它们摘几串。小猴子马上给它们摘了三串。它们在葡萄架下吃了一串，还剩两串。小松鼠和小兔子各拿了一串，分给它们的爸爸、妈妈、好朋友吃了。

呵呵，小家伙像在编数学应用题呢，不忘分享甜蜜，让妈妈心里也甜蜜蜜的。

🧁 天人合一过寒假（2011.2.16 周三 多云）

这个寒假，我们足足在老家过了二十天。外公外婆不满于城里到处都是"问题食品"，决定回到久违的老家自己种菜自己吃。我们也因此过了一个绿色环保的假期。腊月二十回家，正月初十返校。大部分时间是在公溪沟过的，行行从一开始的不适应（还从来没在我们自己的房子里生活过呢）到完全爱上了那片土地，可是过足了与大自然相亲的瘾。

他在菜地里随意地拔萝卜，种土豆，观察土豆的发芽，掐白蒿，挖野韭菜，然后又一行行地把它们种到菜地里；

他和外公一起去挖地茸子，觉得这是最有趣的一件事，因为地茸子是白白的，胖胖的，很像蚕蛹，大约也是因此而得名；

他观察了一阵喜鹊在外公家门口的一棵树上做窝，从最初稀稀拉拉的几根树枝到我们临走时已略具雏形。喜鹊们清早就出去找树枝，很勤劳，而且对树枝要精挑细选，妈妈也是第一次见呢；

他在竹林里面对那么多的竹子流连忘返；

他发现木头原来也是有各种颜色的，特别喜爱一种褐色树皮包裹的黄色木头，老家称作"龙木"的，细细的他自己做成了铅笔的形状，粗一点的做成了一支擀面杖，并且带回了学校时时欣赏；

他还走了很多亲戚，记住了老家很多人的名字；

他第一次品尝了很多野味：野猪、野鸡、麂子，他还见到了真正的麂子（不过是被猎人打来的）；

他每天都能亲自到鸡窝里捡一个热乎乎的蛋，让外婆煮给他吃；

呵，妈妈都不知道还有哪些事情给他留下了深刻的印象，譬如外公的猎人打扮、猎狗、猎枪，这些妈妈从小就司空见惯的，行行肯定也觉得很新奇。连着两个晚上，他都梦见了公溪沟，前天晚上梦见公溪沟家里来了客人，昨晚梦见他终于看到了一头一百多斤的野猪，睡梦中还"咯咯"地笑了半天……妈妈遗漏的，行行自己补充吧。（行行补记：还在妈妈的奶奶陪嫁的柜子里找出了几个铜钱，有咸丰年间的、光绪年间的。还有一些叫不出名字的古董。）

🧁 读书的幸与不幸（2011.2）

《布瓜的世界》

几米——献给对世界充满疑问的大人与小孩

这本书为什么叫布瓜（Pourquoi）／为什么好好的中文不用要用法文／听起来很像一种不太甜的水果／为什么不干脆翻译成"薄荷蛙"？

为什么鸟没有四只脚／为什么鱼没有耳朵／世界上有青蛙公主吗／大象喜欢什么，讨厌什么／老鼠的早餐也有鸡蛋和牛奶吗／我有好多好多的疑惑／为什么你们什么都不懂，却不再问为什么？

为什么不可以天天过生日／为什么小孩一定要上学／为什么表哥家有一座游泳池／为什么我的人生有那么多为什么／为什么没人了解真正的我？

（布瓜是法文Pourquoi，"为什么"的音译）

几米的绘本精彩绝伦，画面充满想象，文字满蕴哲理，是孩子、成人都喜欢的读物。几米不愧是"亚洲最有创意的五十五人之一"。

行行七岁生日时，一贯大方的小姨竟然从网上给他订了一整套几米的著作，一大箱子，三四十本，二三十斤。回想妈妈和小姨的童年，也是那样地酷爱读书，书却是那样的匮乏。尽管外公是教书的，一些破破烂烂的连环画、几本《文笔精华》已经算是比别的孩子好的待遇了。妈妈读五年级时，随外公的同事住在小学里，放学后同学们都走了，校园里静寂得让人发慌，百无聊赖之际，妈妈就读那些密密麻麻的报纸，《人民日报》、《湖北日报》、《参考消息》，完全不懂，现在想来，倒是《参考消息》让妈妈知道了不少稀奇古怪的地名，起到了一点世界地理的启蒙教育作用。

行行拥有的书却太多了。一次一大箱子！他更体会不到妈妈当年如饥似渴的滋味了。尽管妈妈规定一次只能看一本，他还是忽忽啦啦地翻完了一本再拿一本，没有仔细地欣赏。也许，几米的书他目前还看不出太多的意思来。妈妈不忍看着这么好的书被他"八戒吃人参果"式地乱翻，留下了几本，其余的又一大箱子寄给了小姨和妹妹。妹妹喜欢画画，这些书对她更有好处。

在这样一个物质优裕的时代，食物、玩具、读物样样都显太多的时代（请原谅我自私地只想到了我们周围的孩子，而不是所有的孩子们），该怎样去培养孩子的良好习惯呢？似乎这个问题比物质匮乏时代还更难一些。所谓"五色令人目盲，五音令人耳聋，五味令人口爽"，也只有努力去做到"致虚极，守静笃"，培养他干一件事时能一心一意。

🧁 行行日记：水仙花（2011.3.6 周日 阴）

我们家养了一盆水仙。

这盆水仙是别人送的，送来的时候就有几个花骨朵儿，它的叶子很像蒜苗。

我们放寒假的时候回了老家，回来的时候发现一滴水都没了，但是它还活着。这盆水仙花的生命力真顽强！

　　这盆水仙花的花瓣是白色的，非常美丽，还散发着香味，远远望去，它就像dai上了美丽的装饰品，显得格外漂亮。

　　这盆水仙的水仙球茎会越长越大，我准备把它们搬到更大的盆子里，让它们吸收更多的营养，把它们分给我的好朋友。

🧁 行行日记：春天来了（2011.3.20 周日 小·雨）

　　春天来了，百花盛开，万物复苏。春天，树木发芽了，小草变绿了，油菜花像画家用yan料涂了一样，非常美丽。

　　春，是一个美好的季节，我发现春风是柔和的，暖和的，春雨是细细的，密密的。春风吹过的田野，像施过魔法一样，五yan六色，有绿色、嫩绿、金黄……春雨洗过的大地显得格外干净，空气格外清新。

　　人们脱掉了臃肿的棉衣，穿上了轻巧的春装，走到户外去。有的在山坡上植树，有的到田野里踏青，小朋友们到开阔的空地上放风筝，风筝有小鱼、蝴蝶、蜻蜓等各种图案，它们引来的喜鹊也跟着翩翩起舞，还不时的叫出欢快的声音："喳——喳——"仿佛在向人们报告：春天来了！

🧁 学打乒乓球（2011.3.26 周六 晴）

　　这学期行行学了乒乓球，是他自己要求的。进步还挺快。

　　行行又换了两颗牙，到目前为止，一共掉了七颗牙，长了四颗。

　　行行最近喜欢问"这个世界上为什么我会出生？""为什么我是一个人？"等等之类的问题。难道他现在就有了追问人的存在本质的意识？妈妈给他解释：是因为这个世界上有些事情只有你才能完成，所以神会派你来。

　　附录：行行日记《报名学乒乓》

　　今天，我和爸爸妈妈去乒乓球馆报名。

乒乓球馆在新华书店的五楼，我一进门，就觉得这个乒乓球馆很大，因为它至少能放十八到二十张桌子。里面有很多小朋友都在打乒乓球，而且都是在和教练对打，我都看得入了迷。他们的动作看起来似乎很简单，但是仔细观察，他们每接一个球，腿和脚都在变化一次，而且动作很xie调、很美观。

看着热火朝天的场面，我恨不得现在就去打。我和爸爸妈妈报了名，交了fei，见到了教练，教练是个五十多岁的奶奶，教练建议我选横拍，并说下个星期才能打，我盼望着下个周末快点来到。

行行日记：远足（2011.4.5 周二 阵雨）

上个星期五，我们学校ju行了远足活动。我们到了淡泊湖，淡泊湖的景色非常美丽，湖水碧绿、清che。最引人注目的是旁边的垂柳，它们穿着嫩绿色的衣服，把湖水当做镜子，照着自己婀娜的身姿，这些垂柳真漂亮！

淡泊湖旁边的小山坡上，新建的亭子、梨花、桃花、吟桥、七步桥把小山坡打扮成了"风景名胜"。回来的时候，我仔细观察了一下樱桃树，樱桃现在虽然只有绿豆那么大，但再过一个月左右，它们就会长成颗粒饱满、香甜可口，看着就让人垂涎欲滴的红樱桃，如果你再吃上几颗樱桃，那更是觉得美味无比、又香又甜。

路的两旁，矗立着许多名人的像，比如说宋玉、刘秀、习凿齿、诸葛亮、孟浩然、bian和、shi道安、米fu……它们有的是画家，有的是诗人（辞赋家）、有的是学者、有的是政治家，把他们放在我们的学校是为了我们好好学习、天天向上，长大了和他们一样，成为祖国的栋梁。

我们回来的时候，在淡泊湖边休息了一下，我和*智宇、*宇航望着淡泊湖的美景，玩着现在最流行的玩具——植物大战僵尸，心里想：这真是一次有意思的远足！

妈妈认为有些词用得很恰当，问行行是从哪里学来的。行行解释一些词语的来源："婀娜"来自少儿版《红楼梦》，写那株仙草（绛珠）时用过的，"矗立"是在语文课文里学过的，"垂涎欲滴"则来自于去年冬天妈妈给他买的护唇膏说明书上的广告词："让你的双唇垂涎欲滴"。最后一条笑煞妈妈也。

🧁 给爸爸妈妈找来学习材料（2011、4、6 周三）

今天弹琴，行行和爸爸又发生了冲突。学数学的爸爸极重视规则，时间的规则、练习的规则、奏法、指法、节拍……所有与钢琴有关的规则。行行弹琴，除了音乐的想象之外，大部分就是在与规则打交道，因此也多有犯规的时候。爸爸说了几遍，行行依然我行我素之时，就是爸爸声色俱厉、急风暴雨式的呵斥。

起初，妈妈充当调解人，调解多了，爸爸有看法了：他认为妈妈影响了他的教育效果。所以妈妈很多时候就必须和爸爸结成"统一战线"。

今天也是这样，妈妈也呵斥了行行不守时、不专心的缺点。行行的反抗方式一般是坐在琴前，不动不弹，默默流泪。他愣了一会儿，突然离开钢琴，四处寻找什么东西，连哭也顾不上了，那急切的样子像是在找一件十分重要的东西。妈妈问他，他也不理。

找了好一会儿，终于找到了，是他最近喜欢看的《一千零一夜故事精选》。他打开第一个故事，告诉妈妈："你读这个故事，看你能受到什么样的启发。"

妈妈好奇地读他指定的故事，是《小裁缝丁姆的新故事》。说的是小裁缝丁姆的好朋友波尔诃的大衣只剩下了一颗扣子，他又忘了扣就去上学，风很大就把大衣吹走了，飘落到一个烟囱上，屋里浓烟滚滚。人们就请来了猎人用子弹打它，可毫无用处。正在这时，丁姆来了，他对猎人说："子弹是吓不倒大衣的，只有跟他好好地说，它才会下来。"于是丁姆用双手拱成喇叭，向大衣喊道："大衣，大衣，瞧！我给你带来了一件东西，多漂亮啊，你一定会喜欢！"接着，从口袋里摸出几颗花纹漂亮的纽扣，放在手掌里，摊开着，让大衣看。大衣果然温顺地落到了丁姆脚边，丁姆飞快地钉上了纽扣，波尔诃穿上大衣，高高兴兴地上学去了……

行行让妈妈学习的主要就是这一段。妈妈也为丁姆笑了。行行选择了一种巧妙的方式告诉爸爸妈妈应该怎样对待他。妈妈明白了他的用意，跟他讨论，并告诉他：妈妈以后一定不用猎人的粗暴方式对待他，要学丁姆，丁姆的方法多聪明、多可爱啊。行行高兴地笑了。

行行还不让妈妈把这个故事给爸爸看，没准儿在他的心里，爸爸已经是不可改造的猎人了。妈妈终于说服他也让爸爸看看他推荐的故事。爸爸也捧起《一千零一夜》学习起来……

粗暴的方式我们用得不多，但也偶尔有之。行行这个年龄，已经有很明确的看法了：你们以粗暴的方式对待我，我是弹不好钢琴的。只有像丁姆那样，把我当成一个朋友，我也才会像大衣那样乖乖地听从你们的邀请，而不是命令。

行行今天给爸爸妈妈上了一课，让我们反思应该怎样做家长。爸爸也表态以后会改变批评的方式。

"一个聪明的母亲（父亲）在语言方面一定是个艺术家，因为任何人内心都不喜欢被命令和强迫。所以，要想出一种办法，不需要讲什么大道理，孩子就能乐意去做。要知道，命令和强迫都是无效的，与其命令孩子，不如好好地引导他们。"

——[日]木村久一

🧁 公交车上的一位妈妈（2011.4.10 周日）

与行行爸爸坐公交车出门。

人很多，挤上来一对中年夫妇，丈夫抱着一个一岁多的女孩儿。前排有人让座，于是，小女孩和爸爸就坐到了我们的前面，她的妈妈则拎着一个袋子站在旁边。

女孩儿长着一双很美丽很灵活的眼睛，一边看窗外的景色，一遍朗诵着《鹅》：鹅鹅鹅，曲项向天歌。白毛拨清波……

不知道是她的爸爸妈妈一开始就教错了呢，还是女孩儿自己弄混了，她背诵了好几遍，可每次到第三句都是"白毛拨清波"，爸爸很耐心地说："你读错了，不是白毛拨清波。来，爸爸教你读……"

站在过道上的妈妈打断爸爸说："来，月月，我们不读这个。我们读《小滑梯》。"

然后，妈妈就自作主张地领头开始读儿歌"小滑梯呀——"，可女孩儿的心思还在"白毛拨清波"那边，她跟着妈妈读了一遍《小滑梯》，自己又开始念"鹅鹅鹅"。

妈妈最后硬是打断了她，她也只好跟着妈妈念起儿歌来。念了一会儿，这位妈妈就因为新上来的乘客挤着了她而在车厢里大声地和别人争吵起来。

我很想告诉小月月的爸爸，在纠正孩子的错误时，不要重复她的错误，只重复正确的读法；我也很想告诉小月月的妈妈，以自己的意志支配孩子是一个错误的开始。可是，最终还是未能鼓起勇气说出来。

你为什么命令我（2011.4.12 周二 晴）

行行每天吃完晚饭过后，必定要到楼下和小朋友们闹一闹、疯一疯，那一天才算有一个完美的结局。起初，他还和女孩子们规规矩矩地玩游戏，现在，简直看不上这些"文静"活儿了，非要和同班的六七个男孩子做他们喜欢的那种你追我赶、大喊大笑带点刺激性的活动：有时是捉迷藏，有时是比赛骑自行车，有时什么名目也没有，就是撒撒欢儿，扭成一团，笑闹一场。晚上的这一个多小时犹如他们的狂欢节一样。

可是，今天行行没赶上趟儿，晚上补了半小时琴，又写了作业之后出去，小朋友们都准备各自回家了。他欢呼雀跃地下楼时，楼下还是沸反盈天的呐喊声，行行加入进去只玩了五分钟左右，就陆续有家长招呼孩子们回家了。

行行也闷闷不乐地回来了，倒在沙发上抓起一本书就看。妈妈知道他是没玩好，就说让他陪我再下去走走。行行说他不想去，妈妈又劝他，并说没准儿还会遇上一两个在外面玩的小朋友呢。他勉强同意了，懒懒地和妈妈下了楼。

路上空荡荡的，倒是有几个男孩子聚在一起玩卡片，可那是比行行大得多的五六年级的孩子。行行漫不经心地走着，不时地叹一口气："没意思。"妈妈说："意思得靠你自己去发现呀。"并转移他的注意力，和他谈这个、谈那个，可行行都不搭话，只以"没意思"作答。

走了好远，也没遇见期待的小朋友。行行开始耍赖了，故意扯着妈妈扭来扭去，坐在地上不肯起来……妈妈不理他。上楼时，他终于忍不住了，开始抽泣，并且质问妈妈："我明明说不想出去走路，你为什么非要我下来走？……你这不是强迫我吗？"一边在妈妈身上发泄他的不满，使劲地把眼泪鼻涕全部蹭在妈妈的衣服上，一边号啕大哭。

这样的时候，妈妈也禁不住火冒三丈。终于还是克制住了，同他讲了好一番道理，最后达成协议：当妈妈和他意见不一致时，双方要商量着寻找一个既有益处又不霸道的办法；今晚虽然妈妈坚持了自己的意见，可出去散步比呆在家里看书更好，所以不能算妈妈不民主。

事后，妈妈发现这是一个矛盾，当家长勉强孩子去干一件他们并不想干的事情时，总是能找到"对你有好处"的理由。今晚的情况，也许不去理他、让他自己学会纾解更好。以后多注意。

这一场有强烈心理动因，以妈妈为导火索的耍赖活动持续了半小时之久，最后以达成协议，行行安然进入梦乡，妈妈沾了一身的鼻涕结束。

鲁道夫·斯蒂纳把7岁到14岁之间称为"童年的心"，因为感情生活——这里用"心"来象征——主宰着大脑意识。受到过分保护的孩子——只强调肯定积极的一面，而不让他体察消极痛苦的一面——在生活艰难的时候，承受压力的能力就很脆弱。

——[美]阿姆斯特朗《每个孩子都能成功》

🧁 我的同桌进步了（2011.4.15 周五）

行行很认真地对妈妈、爸爸说他的同桌映雪学习进步了，晚上打电话时又向外公汇报：我的同桌映雪最近的进步很大。

妈妈听了之后，就问："映雪的进步是因为和你坐一起学习习惯变好了呢，还是她比以前更用功了？"

行行说："都有"，然后又补充道，"我经常给她讲数学题的方法，是怎么想的，有时候在纸上写给她看。"

行行又说："语文一般很少讲，只在预习的时候让她多组词。"

哦，难怪他要向我们报告同桌的进步了，因为这里面也有他的一点点功劳。

🧁 不留作业的卓老师（2011.4.20 周三）

卓老师是行行的班主任、数学老师，一个敬业、幽默、爱生如子的好老师。行行班上三分之二是男孩子，学校"唯二"的男老师卓老师就自告奋勇地担任了这个班的班主任。

行行很信任卓老师，他爱拉着卓老师的手和他说很多话。行行有一个老师们觉得有趣的习惯，他和老师们交谈时喜欢拉着老师们的手，好几个老师都对妈妈说过这个。妈妈想这可能是在行行的意识中，老师就像自己的爸爸妈妈一样是值得信赖的人。

卓老师有自己的一套教育理念，他不以分数为重，着意培养孩子们良好的学习习惯。这效果也许是许多家长现在看不见的，但在孩子的成长过程中会渐渐显示出来。孩子当然也是懵懂，以后才会明白。

对行行来说，最直接的好处就是卓老师很少布置家庭作业。每次放学之后，做完了语文作业（妈妈也认为语文必须有一些作业），就一身轻松地做他乐意的事情。

行行就读的小学里有一群敬业、诚实、深爱学生的好老师：陈老师特别善于倾听孩子们的表达；杨老师常常在中午、放学后陪着学生们补习功课，在她眼中，每个孩子都是可教之才；吴老师的一口普通话说得字正腔圆、悦耳动听；刘老师的抽屉里有针线盒、常备药，那些爸妈不在家的孩子总是能从这儿找回失去的爱；闵校长不仅教学经验丰富，而且对学校里的每个孩子都十分了解；还有那么多没教过行行的老师们的优点还等着我们去发现呢……行行能在这样的环境中读书，妈妈不仅放心，而且也能从老师那里学到很多东西。

最初的老师对塑造孩子的人格关系很大，能遇上有责任感、充满爱心的老师，是行行和我们的幸运。

🧁 摘樱桃去啦（2011.4.28 周四）

又是樱桃成熟的季节了。

期中考试完毕，小学的老师们相约去附近的樱桃园去摘樱桃。陈老师把行行也带上了，和他的好朋友蔚蔚一起。樱桃园也是他们同班同学家的。

行行回来，不仅摘满了一盒樱桃，全是自己摘的，还带回了满满的兴奋与快乐。简直不知道先向妈妈描述什么才好：五六十棵樱桃树，全挂满了红的、黄的樱桃；他始终在一棵糯樱桃树下不停地摘啊摘，没有到处跑，也顾不上吃，所以他摘得最多。

🧁 就是喜欢这个故事（2011.4.30 周六）

行行又要在学校讲故事了，是他们小学举办的一个"读书明星"的评选活动，凡是被评为"读书明星"的都要发言，低年级的讲故事，高年级的交流读书经验。

讲个什么故事呢？行行这段时间有点迷《一千零一夜》，他告诉妈妈，他要讲《白猫》这个故事。

妈妈看了一下，这个故事很长，又没有时间准备，能讲好吗？所以建议他讲另一个线索单一的童话《小马的化妆服》。行行有些不愿意。

这回轮到爸爸来充当调解人了。爸爸阻止了妈妈的想法，说：行行愿意讲什么就讲什么，重要的是这个过程，他感兴趣就行了，至于能讲出什么效果，就看他自己的了。妈妈觉得爸爸说得对，也认为《白猫》的确想象丰富，而且符合儿童"不断地惊奇"的阅读期待。

其实，行行最感兴趣的是其中的一段：老国王让三个儿子找来世界上最薄的薄纱。小王子在白猫的帮助下，只带回了一个核桃，打开核桃，里面是一粒榛子；砸开榛子，里面是一颗樱桃核；砸碎樱桃核，里面是樱桃核仁；剖开樱桃核仁，里面有一粒麦子；麦子里是一粒小米，掰开小米，才从里面抽出一米半薄纱……乖乖，像俄罗斯套娃一样，打开一层，再打开一层，反复七次，才终于发现了目标，这个期待的过程，其乐无穷。

妈妈也鼓励行行大胆地去讲。行行马上就讲给妈妈听，那么长的故事他根本就不用看书，很流畅地一口气讲下来了。想起一年级讲故事时尚需一字一句地背稿子，竟恍若过了好几年。进步原来就在不知不觉之中。

🧁 妈妈不够"潮"（2011.5.7 周六）

周末与行行在鼓楼后面的步行街闲逛。看见一家眼镜店门口摆着的太阳镜吸引了很多顾客。妈妈对行行说："我也去挑一副，可以防晒。"行行却拉住了妈妈的手，小声对妈妈说："哎呀，不适合。那要潮一点的人戴着才好。"真让妈妈对这个小大人刮目相看了：第一，他从学校学来了许多流行语，像"潮"、"垃圾"之类的；第二，他有了自己独立的看法，这看法包括的内容还挺丰富的呢。妈妈问他"潮"的标准是什么，行行也说不上来，后来他举了一个例子，譬如，他的好朋友的妈妈陈老师就比较"潮"。

还有一次，妈妈晚上去看学生，有些匆忙，未换裙子的上装，就与运动裤、运动鞋乱搭了一番，回来后行行又发表了他的意见："你这样穿，怎么看着有些别扭呢？"妈妈接受了行行的批评。行行能以客观的标准看待妈妈，并且能把自己的看法表达给妈妈听，这是一件好事。

不过，这小伙子对自己的衣着却并不大讲究。他的衣领常常是呈竖立状态的，不是我们提醒，他会一直让它们竖到学校去。看来，妈妈得和行行互为镜子。

🧁 "六·一"畅游习家池（2011.6.1 周三 晴）

今年的儿童节过得可够开心的了。前一天，学校上午表演节目，下午是游艺活动。"六·一"这一天放假，恰好赶上了爸爸妈妈都没有课，可以陪行行玩一整个上午，而且约上了他的好朋友蔚蔚，还有陈老师一起。去哪里呢？选择了一番，决定去一个他们从未去过的地方，习家池最合适了。

据说要建成森林公园的习家池，是襄阳最早的园林建筑群体之一，襄阳侯习郁始建于东汉建武年间。东晋时，习郁后裔习凿齿在此临池读书，登亭著史，留下《汉晋春秋》这一史学名作，而使习家池益负盛名。孟浩然曾有诗曰："当昔襄阳雄盛时，山公常醉习家池。"这样著名的地方当然应该去游览一番。

　　一行人兴高采烈地上路，发现它离城中心鼓楼不过5公里。道路两旁是刚刚收割的农田，金黄的麦秆随处可见。意外的是，它竟然不售门票，只在习家祠堂旁边坐着两位半老的守门人悠闲地拉着家常。

　　进去之后，发现它果然是群山环抱，亭台掩映；"南望汉水，风帆隐现；远眺鹿门，山色苍然"；绿树成荫，清幽有致。除了其他四五个由父母陪同来游玩的孩子，就只有一群忙碌着的园林工人了。行行和蔚蔚首先惊喜地发现绿树丛中有几棵是枇杷树，黄灿灿的枇杷果兀自在树腰、树梢展览着它们成熟的风姿，比我们学校里种植的枇杷果大多了。他们也都明白这是可望而不可即的诱惑，就径直到了习家池。里面是另一重生机勃勃的景象，古老而葱郁的大槐树（树龄800多年），古朴别致的溅珠池、半规池、湖心六角亭，火红的石榴花，香气浓郁的栀子花，把习家池装扮得别具一格。

　　行行走在池畔，说有一种似曾相识的感觉，对了，像我们去年去过的济南大明湖。经行行提醒，妈妈也觉得有点像，大明湖规模大，现代色彩很浓；习家池虽面积不大，既古朴又闲适的格调却更是襄阳的风格。

　　两个小朋友在池边的小径旁各自寻找自己感兴趣的植物，互相拍照。行行对于这里的风景更是情有独钟，像专业摄影师一样忙着去拍那些古树、亭子，直到把电用完了才罢休。池的背后是大片的森林，中间本应有一条蜿蜒的小溪，可惜今年天旱，不见涓涓溪流，只有那些可爱的鹅卵石被阳光炙烤着。

　　游完了池子，两个小家伙在枇杷树下流连忘返，猜测哪一颗枇杷果可以被摘下来。同行的外公有丰富的野外生活经验，为了成全这两个小馋猫，从竹林里找来一截枯竹竿，把尖端弄出一道缝，然后爬上树用竹竿够着了好几串枇杷果，变戏法一样地摘下了金黄的果子，这简直是习家池今天最好的馈赠了。他们品尝了几个，超级美味，甜到心里去了，还舍不得吃完，要带回来把种子种到后面的林场里。外公又从农田旁边摘来两片芭蕉叶子，做成一个别致而很实用的绿色小提兜，行行和蔚蔚心满意足地上车了。

　　妈妈只担心守门人会来干涉我们这太自由的举止，可他们好像也颇能体会小孩子的天性，不仅不干涉，还远远地笑看着这一群馋嘴的孩子和童心未泯的成

人。"襄阳好风日，留醉与山翁"的浓浓乡情在这一刹那涌上了我们的心头······

🧁 符号的废墟与生命的绚烂（2011.6）

抚弄着这些零零星星记下来的文字，妈妈一遍又一遍地看，每一行、每一句唤起的都是那么真真切切的生活。从最初的激动到接下来五味俱全的一个接一个的日子——并将一直向前慢慢延伸的日子，妈妈既欣然于时间带给行行一个接一个的惊喜与一步一步的成长，妈妈也怅然那倏忽而去的一天又一天······等到行行长大成人回忆他的童年的时候，童年将只剩下一片怎么捉也捉不住的虚幻。能抵御时间之流的最好武器还是这古老的文字，而且，妈妈拥有这个便利的条件。

虽然相对于生命自身的绚烂和真正的存在，留在这里的，仍然不过是一片符号的废墟，但，有，毕竟聊胜于无。妈妈会一直心怀喜悦，记录下每一个值得记录的片段，直到行行真正长大、独立的那一天，既为孩子保留一个缤纷多彩的童年，也带领自己去重新寻找那份对于世界的惊异感与完整感。

你对孩子的学习施加的影响发生在许多不同的层面，包括看得到的和看不到的。在无意识的层面上，你向他传授和灌输着你自身有关学习的价值观和态度。正因为如此，对于你来说，努力培养你自身对学习的深挚热爱，有着极其重要的意义。正是这种学习和求知的热忱最终深深地打动了孩子们，并转变为他们自身有关学习和成长的信仰体系的一部分。

——[美]阿姆斯特朗《每个孩子都能成功》